錬金王
ill. 阿倍野ちゃこ
転生して田舎でスローライフをおくりたい
I want to enjoy slow Living
ドール子爵がやってきた！

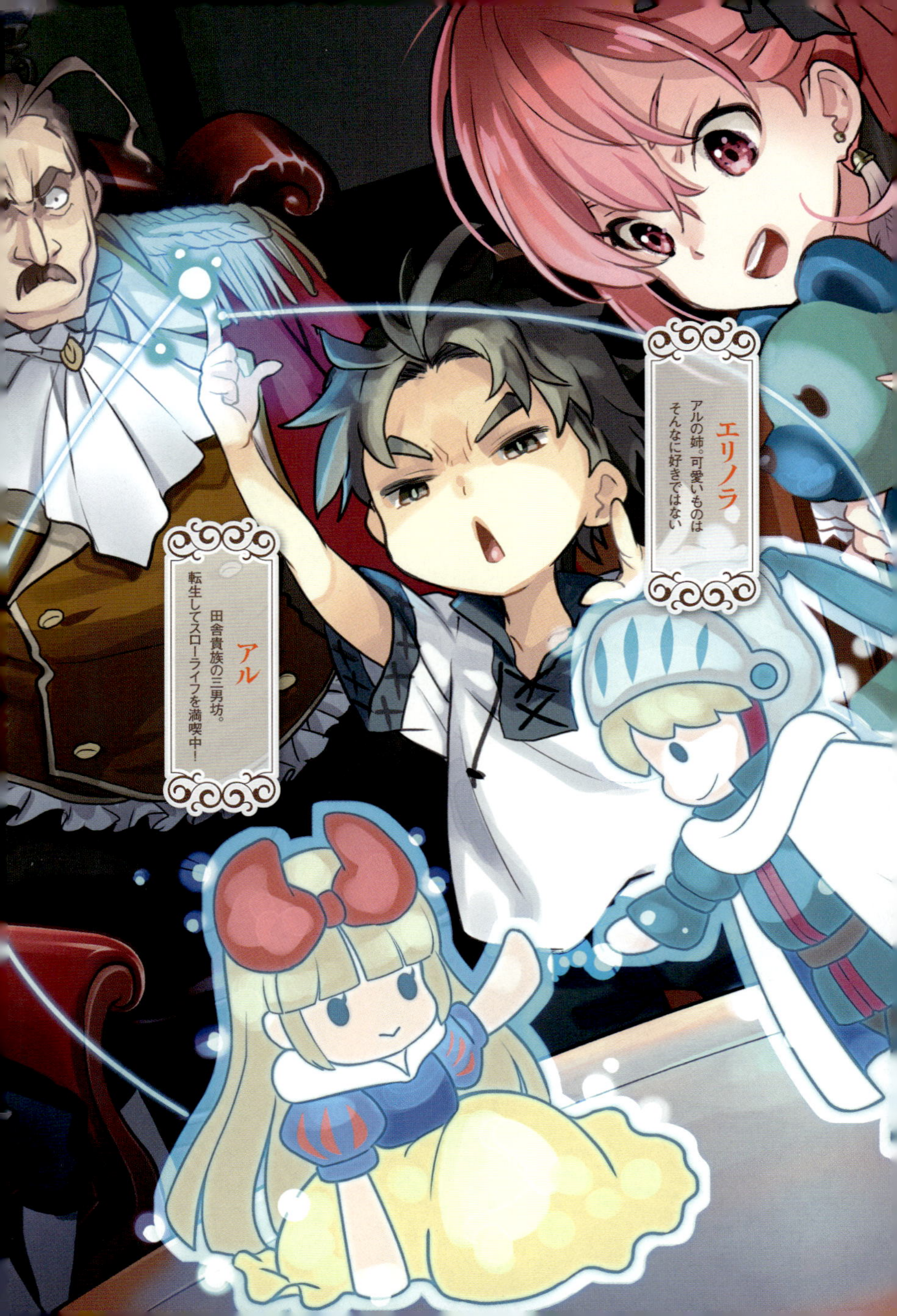
エリノラ
アルの姉。可愛いものは
そんなに好きではない
アル
田舎貴族の三男坊。
転生してスローライフを満喫中！

ドール
ノルドの友人の貴族。
ぬいぐるみが大好き
シルヴィオ
アルの兄。
可愛いものはわりと好き
ノルド
アルの父。
ドラゴンスレイヤーで有名
エルナ
アルの母。
わりと強い魔法使い

「今日は何をかけて食べようかしら？
昨日はイチゴジャムで、その前はブドウだったから……
今日はオレンジかしら？」

錬金王
ill. 阿倍野ちゃこ
転生して田舎でスローライフをおくりたい
I want to enjoy slow Living
ドール子爵がやってきた！

transmigrate to new world

CONTENTS

涼しい部屋で鍋を① 160
涼しい部屋で鍋を② 170
壁を洗って心も綺麗に 178
以前の約束 188
パフェとは夢を詰め込むもの 202
パフェ実食 209
ドール子爵がやってくる 218
ドール子爵来訪 228
嘆きのドール子爵 237
ティクルの修業 246
カエル財布とカエル人形 255
人形の大行進 262
ちょこっと休憩 269
人形好きのメイド 277
プチ会議 285
見栄を張ったエリノラ姉さん 294
夏の王城 300

特別書き下ろしマンガ 308〜315

Illustration :chaco abeno　Design :afterglow

転生して田舎でスローライフをおくりたい
ドール子爵がやってきた！

夏の朝食 004
赤ワインのかき氷 015
悪友は予想して待ち構える 027
お土産タイム 034
カツオ料理 046
カツオの焼きおにぎり 053
自然な涼を楽しむために 065
小川でモゾモゾ 075
きゅうりと味噌 082
トマト収穫 091
夏野菜で涼を 100
悪しき心 109
鮎追い 117
鮎の塩焼き 125
カナヅチ二人 132
プールでのんびり 142
甘やかすとダメな奴 153

夏の朝食

I want to enjoy slow Living

「アルフリート様、起きてください」

布団の心地良い感触に身を委《ゆだ》ねていると、突然肩を揺すられた。

眠気にあらがって、瞼を微かに開けると、目の前には長い黒髪が垂れていた。

「ん？　サーラ、なに？」

「もう朝食の時間です。いいかげん起きてください」

「えー、もうちょっと寝てたっていいじゃん。シルフォード領から旅して屋敷に戻ってきたばかりだよ？」

「そう言って、もう三日が経っていますよ。昨日と一昨日は大目に見ましたけど、今日からはいつも通りの生活に戻ってもらいます」

俺が駄々をこねるも、サーラは無情にも布団を剥《は》ぎ取ってしまう。

相変わらずサーラは手厳しい。ミーナなら適当に喋っているだけで勝手に煙《けむ》に巻けるというのに。

そう考えたところであることに気付く。

「あれ？　俺、昨夜は部屋の鍵《かぎ》をかけたはずなのに……」

今日も思いっきり寝てやろうと、昨夜はベッドの上から扉にサイキックで鍵をかけて寝たはずだ。

それなのにどうしてサーラが俺の部屋に入れるんだ？

「アルフリート様の部屋に行く際は、常にマスターキーを持っていくようにしていますので」

「マスターキーって、緊急の時以外は使わないようにって父さんに言われていたよね？」

そんなにポンポン使われていては、俺のプライバシーがなくなってしまうではないか。

そのうちちょっとしたことで、無理矢理開けられるようにならないか心配だ。

「アルフリート様が鍵をかけて眠るからです」

それもそうだけど、諦めるという選択肢はないのだろうか。

くそ、こうなったらマスターキーをどうにかしてやる必要があるな。今度密かに盗《と》って、偽物《にせもの》とすり替えてやろう。

「何を考えているかわかりませんが、皆さんがダイニングルームでお待ちなので早く起きてください」

「嫌だ。俺はまだここで寝ていたい」

俺がきっぱりと言って背中を向けると、サーラはこちらに歩み寄ってくる。

ま、まさか、お淑《しと》やかなサーラが、エリノラ姉さんみたいに暴力的な起こし方はしないよね？

ちょっと不安に思っていると、サーラは傍を通り過ぎてカーテンを開けた。

それから木窓の鍵を解除し、にっこりと笑みを浮かべながら。

「そういえば、この部屋は随分と涼しいですよね」

「ま、まさか……っ！」

サーラの考えがわかってしまい、俺は慌てた声を上げる。

シルフォード家から帰ってきて三日目。

八月の下旬、まだまだ季節は夏真っ盛りだ。

コリアット村でも、猛烈な日差しと気温が人々を苦しめている。

そんな中眠ることなど暑さと寒さに弱い俺には不可能であって、毎日氷魔法を使って部屋の温度を下げているのだ。

「部屋が暑くなれば眠るどころではないですよね？」

「や、やめ――」

俺が最後まで言い切ることなく、窓が無情にもガラリと開けられてしまう。

虫の鳴き声が響くと共に、熱気が室内に一気に侵入してくる。

うっ、開けてから五秒もしないうちに氷魔法でヒンヤリさせた空気が瞬《またた》く間に追い払われてしまった。

「こ、これくらい氷魔法の力で……っ！」

俺は熱気に対抗して氷魔法を発動。瞬時に俺の周囲に冷気が広がり、窓から入ってくる熱気を押し返す。

「空気は冷たくなっても日差しは防げませんよ」

そんな俺の努力を嘲笑《あざわら》うようにサーラが告げる。

そう、俺のベッドは窓からの日差しが当たるように配置されているのだ。氷魔法で気温を下げようとも、降り注ぐ日光はどうにもならない。

というか、日に当たって暑いのに空気だけ涼しいの、気持ち悪い。ＯＬみたいに身体の体温調節機能がおかしくなってしまいそうだ。

「くっ！　何という日差しの威力！　だけど、そんなものはベッドから降りれば防げる！」

俺は日光から逃れるようにベッドから降りて影に隠れる。

ふふふ、これで日光に当たらずに快適に過ごせる。

そうほくそ笑んだところで、サーラに腕を掴まれる。

「はい、ベッドから降りましたね。眠らないのなら朝食にいたしましょう」

「あっ……」

そして、俺はサーラの策に嵌《はま》ったと理解したのだった。

◆

「おはよう」

「アル！　遅い！　早くいつもの！」

ダイニングルームに入るなり、エリノラ姉さんから鋭い声が飛んでくる。

その全く具体性のない指令の意味を既に理解している俺は、速《すみ》やかに氷魔法を発動して
ダイニングルームの温度を下げる。

「あー、涼しい」

「やっぱり夏にアルは必須ね」

顔を緩めて呟くエリノラ姉さんとエルナ母さん。

きっと最初のとげのある言葉は暑さでイライラしていたのだろうな。

心の余裕があれば、些細《ささい》なことで怒ったりはしないもの。これで今後、起きるのが遅い
とかでとやかく言われることはなさそうだ。

「僕も風魔法で少しは涼しくできるけど、やっぱり氷魔法には敵《かな》わないね」

「なんだかシルヴィオの魔法の使い方がアルに似てきたわね」

「母さんやアルが日常的に魔法を使ったほうが上手《うま》くなるって言っていたから」

そうだそうだ。魔法は日常生活を豊かにするためにあるんだ。よって、自分が心地よく
過ごすために使うのは、とてもいい実戦練習だ。

「そうだけど……アルみたいにはならないでね？」

「あはは、さすがにそこまではならないと思うけど」

念を押すように言うエルナ母さんと、苦笑いするシルヴィオ兄さん。

ちょっと、人をあんな奴呼ばわりはやめて欲しい。

「はぁ……私もうここから出たくありません」

「残念ながら今日はあたしとサーラが給仕だよ。ミーナは先に部屋の片づけをしてきな」

「そ、そんな⁉　メル先輩！　私にも給仕をさせてくださいよ！　部屋は後で片づけておくので！」

ミーナから仕事を願い出るなんてかなり貴重なシーンだ。しかし、それは冷気の恩恵を得るためであるのが明らか。

「給仕に三人もいらないよ。ほら、早く行ってきなさい」

「……はーい」

出たくなさそうにドアの近くをうろちょろしていたミーナだが、メルにしっしと手で追い払われた。

ミーナが不貞腐《ふてく》れた様子で廊下に出ると「うわっ！　やっぱり廊下は暑いです！」などという声が聞こえてきた。

倒れるほどの暑さではないが、暑いものは暑い。薄着になるにも限度があるし、真夏に働くメイドは大変そうだな。

心の中でミーナにエールを送っていると、メルとサーラがワゴンを押してテーブルに料理を並べていく。

今日のメニューは蒸し鳥のサラダ、トマトスパゲッティ、コーンスープとパンだ。

食欲のなくなる暑い夏でも食べやすいメニューだね。

そう思っていると、エリノラ姉さんが不思議そうな声を上げる。

「あれ？　今日のスパゲッティとスープは温かくないわ」

「あら、ほんと。冷たいわね」

トマトスパゲッティの皿とコーンスープの皿を持ってみるとヒンヤリとしていた。

「ちょっとアル。なに勝手に冷やしてるのよ？」

「いや、俺じゃないよ」

エリノラ姉さんが見事に誤解しているので、俺はきちんと否定して首を振る。

すると、皿を並べているサーラがクスリと笑いながら、

「それはバルトロさんが氷の魔導具で冷やしたものですよ。夏ですから食べやすいように冷やしてみたそうです」

「そうなのかい？」

「冷たいスパゲッティを食べるのは初めてね。楽しみだわ」

ノルド父さんとエルナ母さんも興味津々《しんしん》な模様。

夏になると冷やし中華みたいに冷たいものが美味《おい》しく感じられるしな。バルトロ、ナイスだ。麺ということもあって、きっとスルリと食べられるに違いない。

それはともかく、一番に俺を疑った姉よ。

俺がジットリとした視線を向けると、エリノラ姉さんはバツが悪そうに呟く。

「……紛《まぎ》らわしいのよ」

「どうして真っ先に俺を疑うかね」

さっき氷魔法で空気を冷やしたとはいえ、いきなり料理を冷やしたりなんかしないぞ。

「それはアルがいつも魔法でズルをするからよ」

むっ、それは否定しきれないものがあるな。

「さてさて、朝食の準備も整ったし食べるとしようか」

ノルド父さんの言う通りだな。今は細かいことは別にいい。目の前にある美味しそうな料理を食べるとしよう。

まずはコーンスープをスプーンですくって口へと運ぶ。

濃厚なコーンの味が口の中に染み渡り、喉の奥へとスルリと通っていく。温かい時よりもずっしりと重みがあるように感じられるが、冷たいお陰で食べづらさはなく、むしろいつもよりも濃く味が感じるように思える。

コーンの甘みが凝縮されており、とても美味しい。勝手にスプーンが動いてしまう。

「サーラ！　コーンスープお代わり！」

「かしこまりました」

俺がコーンスープを夢中になってすくっているうちに、エリノラ姉さんはもう平らげてしまったらしい。

サーラがお皿を受け取って、ワゴンの中にある鍋からお代わりを注ぐ。

そうだ。別に急いで食べなくてお代わりもあるんだ。エリノラ姉さんに惑わされずに、じっくりと味わって食べよう。

コーンスープはパンと一緒に食べないと勿体《もったい》ない。俺はバスケットに入っている温かいパンを千切り、コーンスープに浸して食べる。

パンの柔らかな甘みとコーンスープの甘みが非常にマッチしている。暑いとモソモソしているパンは水分を吸って喉を通りにくいのだが、コーンスープの汁気と冷たさを吸っているお陰で呑み込みやすいな。

「やっぱり夏は冷たいものが食べやすいね」

「ええ、温かいスープもいいけど、冷たいスープもいいわよね」

うんうん、冬は温かい物を。夏には冷たい物を。それが正義だよね。

コーンスープとパンを食べると、次は蒸し鳥のサラダに手を伸ばす。

こちらは各自で取って、好きなドレッシングで食べるという形式だ。自分の分を取り分けた俺は、手元にある胡麻ドレッシングに浸して食べる。

うん、胡麻ドレッシングの甘みと蒸し鳥の旨味が合うな。入っている具材はナス、トマト、オクラ、カボチャ、ズッキーニなどの夏野菜。

今が旬だけあって、とても甘みが強い。こんがりと焼き目がついており、ドレッシングをかけなくても楽しめるくらいだ。

口の中をサラダでさっぱりさせると、メインの冷製トマトスパゲッティだ。トマトだけでなく、ナスやキュウリといった夏野菜が入っていて、その上に生ハムとチーズが載っている。

とても鮮やかで美味しそうだ。

俺はフォークで軽く具を混ぜてから麺を巻き取って食べる。

口の中に冷たさとトマトの酸味が広がる。

噛めばシャキシャキとしたキュウリの感触とナスの甘みが漏れ出し、それが見事にトマトソースの酸味と混ざり合う。

ああ、これまた夏にはたまらない一品だ。ただ冷たいだけじゃなくて村の新鮮な野菜が使われており栄養価も高い。夏にぴったりな食事だな。

それにトマトと野菜の相性だけでなく、この生ハムとチーズの相性もいい。

生ハムとチーズと食べるもよし、野菜と生ハムと食べるもよし、チーズと麺を絡めて食べるもよしとバリエーションも豊富だ。

「冷たいスパゲッティも美味しいんだね」

「あたし、冷たい方が好きかも！」

「そうね。冷たくても全然美味しいのね」

これにはシルヴィオ兄さんとエリノラ姉さん、エルナ母さんも大喜びの模様。

温かくしても冷たくしても美味しい食べ物というのは凄いものだ。

「冬になったら逆のことを言っているかもしれないね」

「その時はその時よ。冬は冬で温かいものを食べるだけよ」

エルナ母さんの言葉にノルド父さんが朗《ほが》らかに笑う。

まあ、人間というのは調子のいい生き物なのでしょうがないよね。

「サーラ、コーンスープお代わり」

「……申し訳ありません。もう無くなってしまいました」

サーラにお代わりを要求すると、すっかりと空になった鍋を見せられた。

ええ？　皆、食べるペースが早すぎない？　俺、一杯しか飲んでないんだけど……。

赤ワインのかき氷

I want to enjoy slow Living

朝食を食べ終わり、リビングで胃を休めた俺は自分の部屋に戻る。

「そろそろお土産《みやげ》を持って行かないと、トールとアスモが突撃してきそうだな」

コリアット村に帰ってきて三日目。うちの馬車は大変目立つし、狭い村社会だ。俺達家族が帰ってきていることくらい村人の皆はとっくに知っているだろう。

都合のよい考えをしている二人は、友達だから絶対にお土産を持ってくるに違いないとか思って楽しみにしているはず。

俺の性格上、帰ってきた初日と二日目は屋敷から出ないことは察しているだろうから、今日ぐらいに来ると思って楽しみにしているのだろうな。そして、その期待を裏切れば屋敷まで押しかけてくることだろう。

屋敷に入れるとあいつら寛《くつろ》ぎまくるせいで、なかなか帰ってくれないからな。面倒くさいけど行くとするか。

暑いので出歩きたくはないが、久し振りにコリアット村の風景を見て楽しみたい気持ちもある。

さて、トールとアスモへのお土産は何がいいか。

まずは浜辺で拾った貝殻と魔石の破片だな。食べ物以外で一番海に行ってきたことが伝わるし。

そして次に食べ物だな。とりあえずエーガルさんから貰った魚の干物と、スモールガニの干物、俺が氷魔法で凍らせた魚で十分だな。

これ以上は贅沢ってもので、あいつらを調子に乗らせるだけだ。

俺はカバンを取り出して、そこに貝殻と魔石の破片が入った木箱を入れる。

凍らせた魚や干物が入った壺は後で空間魔法で取り出せばいいや。いちいちカバンの中に入れて持ち歩くと重いし、着くまでに痛んじゃいそう。

お土産の準備が整った俺は、自分の部屋から出て一階にある玄関へ向かう。

外靴に履き替えていると、エルナ母さんが後ろから声をかけてきた。

「アル、どこに行くの？」

「トールの家にお土産を渡しに行くー」

「トール君の家に？　屋敷に来てもらうのじゃダメなの？」

「ん？　エルナ母さんが客人を呼ぼうとするなんて珍しいね」

エルナ母さんは屋敷でのんびりと過ごしたいと思っているので、どちらかというと、他人を屋敷に招くのは好きではない方だ。

家でゆっくりしている時に子供の友達がやってきて騒がしくなると気が散るし、招いた側も気を遣《つか》わなければいけないからな。

俺もその気持ちが痛いほどわかるので基本的にトール達を招くことはあまりない。

だからこそ、俺と同じ気持ちのエルナ母さんが進んでトール達を招こうとしている理由がわからない。

「だって、暑くて困るんだもの。アルがいなくなったら誰が氷魔法を使ってくれるの?」

珍しいことを言い出すと思ったら理由はそれか。まったく、子どもをクーラー扱いしないでほしい。

「氷の魔導具があるじゃないか。あれで氷を作って部屋にでも置いておけばいいよ」

「それでも涼しいけど、やっぱりアルがいないとダメなの」

「すがるように言ってもダメだよ。それじゃあ、俺は行ってくるから」

気持ちはわかるが久し振りにコリアット村を見たいのだ。エルナ母さんに言いくるめられる前に、俺は振り切って外に出る。

すると、出迎えてくれたのは熱風だった。

ぐぐ、早くも心がくじけそうになる。

「ほら、外は暑いわよ? 涼しい屋敷の中でゆっくりしましょう?」

背後から悪魔の囁きが聞こえるが、俺は耳を貸さない。

「大丈夫。俺は魔法で冷気をまとえるから」

俺は氷魔法を発動して自分の周りを漂わせると、熱風は見事に押しやられた。

「くっ、これだからアルは」

俺を羨ましそうに見るエルナ母さん。

ふふふ、夏の間、氷魔法が使える俺の地位はいつもより高くなるのだ。

とはいえ、俺がいなくなると屋敷が暑くなるという理由は凄くわかるので、応急処置を施す。

土魔法でたくさんのバケツを作って、そこに氷をぶち込んでおく。

「これを置いておくだけで涼しくなるはずだよ」

「あら、ありがとう。気を付けて行ってくるのよ。氷魔法が使えるからといって水分補給を忘れちゃダメよ？」

俺がいなくても暑さ対策ができるとわかると、エルナ母さんはにっこりと笑顔を浮かべて送り出した。現金な人だな。

◆

屋敷を出た俺は、冷気をまといながら一本道を進む。

季節は夏。遠くの山々は緑色。広がる空は青く宙を漂う雲はとても白い。

この色鮮やかな光景こそ夏だ。

冷気を纏った俺は暑い気温に負けることなく、景色を楽しみながら悠々と歩く。

道脇に生えている草は青々としており、暑さに負けることなく立派に天を向いている。ところどころ咲いている花々も萎《しお》れることなく、綺麗に咲いていた。

「植物は凄いな。こんな炎天下に晒《さら》されているというのに萎れないなんて」

勿論、雨で水を得ているのはわかるが、人間がこのように一日中、水も飲まず日光下にいると、間違いなく倒れるだろうな。

花の色を楽しみながら小川の流れる音に耳を澄ませる。どこからかウシガエルのような鳴き声が聞こえる。

シルフォード領にはなかった景色と音がどこか懐かしかった。

風景を味わいながら歩くことしばらく、いつの間にか俺はコリアット村の近くまで来ていた。

ここまで来ると畑にチラホラと村人の姿が見えるようになる。

もうじき麦の収穫期であるからか、村人の皆は畑の手入れに余念がないようだ。虫を取ったり、雑草を抜いたりしている。

「あっ！　アルフリート様、お帰りなさい！」

「うん、ただいまー」

気付いて挨拶してくれる村人に返事をしたり手を振っていると、前方にルンバ、ゲイツ、ローランドのおっさんがいるのが見えた。

見ているだけで周囲の気温が上がるようなむさ苦しさだな。向こうもこちらに気付いたのか手を振ってくる。

「おっ、アルじゃねえか。久し振りだな！　確か、よその貴族の家に遊びに行ってたんだっけ？」

「まあ、そんな感じだね。そっちは？」

「ゲイツとローランドの畑の草むしりを手伝ってやったところだ！」

「フッ、三人がかりでむしってやったからな。半日もかからずに終わった」

「それでもやっぱり腰が痛《いて》ぇな」

ルンバとゲイツがガハハと笑い、おっさんが腰をトントンと叩く。

三人で一緒に草むしりをするとは仲がいいな。俺とアスモとトールもこんなんになるのかな。

「んで、アルは今日は……」

と、ルンバが言いかけたところで何故か口を閉じた。

「ん？　どうしたのルンバ？」

「……何かアルの周りだけ涼しくねえか？」

眉をひそめながら言うルンバに俺はドキリとする。さすが鋭いな。

「ん？　本当だな。何故か妙に涼しい……」

「何でアルフリート様の周りだけ？」

ゲイツとおっさんがじわじわ俺に近付いてくる。

むさ苦しいおっさんが俺の周りを徘徊しても何も嬉しくない。というか肉食動物にたかられる草食動物のような気分だ。

「あっ！　アル、あれだろ！　氷魔法使ってんだろ！　それで涼しくできるなら俺達にもやってくれよ！」

俺が微妙な気分でいると、ルンバは思い出したかのように言う。

ルンバは俺が氷魔法を使えると知っているからな。

「ふむ、そのような便利な魔法が使えるなら是非ともかけて欲しい」

「さもないと俺達でアルフリート様に抱き着くハメに……」

「おう、そうだな。体力には自信があるぞ」

両腕を広げてにじり寄りながらとんでもない脅迫をしてくる三人。

転移魔法があるので物陰に隠れればこちらの勝ちだが、ここは生憎《あいにく》麦畑ばかり。遮蔽物《しゃへいぶつ》がないので転移魔法は使えない。

俺が一目散《いちもくさん》に逃げ出しても驚異的な身体能力を誇るルンバに捕まって、おっさん達の猛烈なハグを食らうだけだ。

「ま、魔法をかけるからそれだけは勘弁して」

ここは餌を与えて穏便《おんびん》にやり過ごすことにした俺は、素直に氷魔法を発動して冷気を漂わせる。

「「「ひゃっほーう！」」」

すると、三人は甲高《かんだか》い声を上げて小躍りする。

まるで干ばつの地に久し振りに雨が降った時のような喜びようだ。

「うおー！　涼しい！　道理でアルが涼しい顔で歩いているわけだ！」

「すげー！　魔法って偉大だな！」

そうそう、暑さも寒さも魔法の力で吹き飛ばしてしまえばいいのだ。

「アル、俺はかき氷が食いたいぞ！　あれも作ってくれ！」

「「かき氷って何だ⁉」」

ルンバがそのような注文をつけてくると、ゲイツとおっさんが即座に興味を示す。

「もう、しょうがないな。作ってあげるからちょっと待ってて」

このままでは冷気目当てにずっと後ろを付いてこられる可能性もあるからな。

ここはかき氷でも与えておさらばさせてもらうとしよう。

そう考えた俺は、土魔法でお椀を作りだし、そこに細かく砕いた氷を入れていく。

すると、みるみるうちにお椀にかき氷が積み上がった。

日光に反射してキラキラと輝く白いかき氷は、宝石みたいでとても綺麗だ。

「何か米みたいだな」

「ふむ、氷を細かく砕いたのか。キラキラしていて美しい」

かき氷を初めて見るおっさんとゲイツは物珍しそうにしている。

かき氷が出来上がると、土魔法でスプーンを作ってやる。

「はい、できたよ」

「なあ、前みたいにブドウジュースみたいにかけたら美味しい物とかねえか？」

俺が完成品を差し出すと、ルンバが鞄《かばん》を見ながら物欲しそうに言う。

「さすがに持ってないよ。今日はトール達にお土産を持ってきただけだから」

鞄を開けて、そのような食料品がないことをアピール。

すると、ルンバはちょっと残念そうにする。

まあ、一度あのかき氷の味を知ってしまえば、もう一度食べたくなってしまう気持ちもわかるな。

「ふむ、氷だけで食っても美味《うま》いが、何かをかけて食べるとより美味しくなるというわけか？」

「おう、そうなんだ。蜂蜜とかジャムとかフルーツジュースでもあればいいんだが」

「だとすればいいものがある」

そう言ってゲイツは腰にかけてある水筒を取り出す。

「ん？　水なんかかけても美味くならねえぞ？」

おっさんが訝《いぶか》しむ声を上げるが、ゲイツは勿体ぶったように人差し指を振るう。

「違う。この中身は赤ワインだ」

「お、おお？　それはちょっと合いそうだな」

ルンバの言う通り、赤ワインといえば、元はブドウだし普通に美味しそうだ。

「じゃあ、ちょっと入れてみる」

そう言ってゲイツが水筒の蓋を外して、かき氷へと注ぐ。

真っ白な氷が赤いワインの色に染め上げられていく。

しかし、次の瞬間、かき氷がパキパキと音を立てて溶けてしまう。

「ぬあああ！　しまった！　赤ワインが温かいせいで氷が溶けた！」

「いや、完全に溶けていない、シャーベット状だよ！　多分今でも美味しく食べられるよ！」

温かい赤ワインのせいでかき氷は急速に小さくなったが、全部溶けたわけではない。ちょうどいい感じに溶けてシャーベット状になっているのだ。

頭を抱え込むゲイツに助言を与えると、ゲイツは我に返ってスプーンですくう。

それから赤く染まったシャーベットを口に。

「……確かに。先程よりも食感は落ちたものの、これはこれでいいな」

目を閉じて恍惚《こうこつ》の表情を浮かべるゲイツ。軽く顔を上げたせいか、その長い顎がより強調されて見える。

「おお、美味そうだな！　ちょっと赤ワインもらうぜ！」

「俺も！」

美味しそうに食べるゲイツを見て、ルンバとおっさんもかき氷に赤ワインをかけていく。

「甘いブドウジュースもいいけど、赤ワインをかけて食べるのもいいな！」

「俺、毎日これ食べてから寝たいぜ！」

暑い夏の夜は冷たいアイスとか食べて眠りたくなるからな。おっさんの言葉は非常に共感できる。俺ってば、最近では毎日のようにアイスを食べて寝ているし。アイスを食べないと一日が終わらないと言っても過言ではないな。

「俺も赤ワインをかけて食べたいな」

目の前でこうも美味しそうに食べられると、俺も食べたくなってしまう。これシャーベットとしてだけではなく、赤ワインのカクテルとしても楽しめるではないか。

「んー、アルはまだ子供だしな」

「少しだけならいいんじゃねえの？」

ルンバは微妙そうな顔をするが、おっさんがニヤリと笑って言う。

「もしものことがあったら、俺達では責任がとれないからやめておく方がいいだろう」

まあ、ゲイツの言う通りだよね。俺はまだ七歳だし、少しくらいというノリで飲ませていい年齢とは言い難い。やはり十歳くらいにならないと無理だな。

「そだな。領主様の子供に酒を飲ませたってバレたら何を言われるかわからねえしな。残念だなアルフリート様。赤ワインは諦めな！　ハハハ！」

自分でも納得していたものの、このようにからかわれるとちょっとイラッとする。

「あ、そういえばルンバ。まだ、おっさんに一番美味しいかき氷の食べ方を教えていないんじゃない？」

「お、そうだったな！」

俺の言いたいことが瞬時にわかったルンバは悪戯《いたずら》っ子のような笑み――というレベルを遥かに超えた凶悪そうな笑みを浮かべる。

「何だ何だ！　これ以上に美味い食べ方があるのか？」

俺とルンバの笑みに何かを感じたゲイツは傍観を決め込んだが、おっさんは気付かずに食いついてきた。

それから俺とルンバが、かき氷の一番美味しい食べ方を教えてやると、おっさんは頭を抱えて叫ぶほどに喜んでくれた。

悪友は予想して待ち構える

I want to enjoy slow Living

ルンバ達と別れた俺は、誰かに冷気にたかられないように気を付けながらコリアット村を歩く。そしてトールの家の傍まで来ると、近くの畑で麦わら帽子を被ったミュラさんが草むしりをしていた。

「あー、腰が痛いわね。まったく、こういう時こそトールの使い道なのに……」

やっぱり屈んでの作業は腰に大分負担がかかるせいか、ミュラさんが呻くような声を上げて腰をポンポンと叩く。

大変そうだなと眺めていると、ミュラさんが腰を叩きながら立ち上がった。

凝《こ》り固まってしまった筋肉をほぐすように両腕を突き上げると「うにゃー！」という奇怪な声を上げた。

わかる、わかるよ。気持ちのいい伸びをすると何となくそんな風に叫びたくなるから。

ミュラさんを観察していると、向こうもこちらに気付いたのか視線がぶつかり合う。

無言の後、ミュラさんは、ふう、とため息をつき、タオルで汗を拭《ぬぐ》うと何事もなかったかのように爽やかな笑みを浮かべた。

「アルフリート様、こんにちは！」

「こ、こんにちは」

見事な取り繕《つくろ》い振りだな。つい先程伸びをしながら「うにゃー！」とか言っていた人とは思えないくらいだ。

「先日の旅は、ご家族でどちらに行っていたのですか？」

ここは俺も見なかったことにしてさっさと家に向かおうとしたが、ミュラさんが話を振ってきた。

ふむ、どうやら先程の出来事は完全になかったことにしたい模様。恥ずかしい出来事などなかったのだから、世間話をするのは当たり前ということか。徹底しているな。

「今回はシルフォード男爵領に行ってきました。海があって楽しかったですよ。お土産もあるので皆で食べてくださいね」

「まあ、いつもありがとうございます！　それとトールとアスモならもう家で待っていますのでどうぞ」

「わかりました。では、お邪魔しますね」

ミュラさんとのいつも通りな世間話を終えて、俺はトールの家に向かう。

ん？　ちょっと待てよ？　俺はトールとアスモと約束なんてしていないのに、どうして待っているんだ。

よくわからんが、直接聞けばわかることか。

俺はトールの家の前まで来ると、物陰で空間魔法を発動。

亜空間から魚とスモールガニの干物が入った壺を取り出して、鞄の中に入れ込む。

それから氷魔法で凍らせた魚と木箱を取り出し、木箱の中に氷魔法で氷を入れて、その中に魚をしまい込んだ。

うん、これでトール達へのお土産セットは十分だな。貝殻や魔石の破片もカバンに入っているし。

無魔法のサイキックで魚の入った木箱を浮かせた俺は、トールの家の扉をノックする。

すると、奥からドスドスという足音が聞こえて、扉が開いた。

そこにはニコニコとした笑みを浮かべたトールとアスモがいた。

「ようこそいらっしゃいましたアルフリート様！　本日はお暑い中、わざわざいらして頂きありがとうございます」

二人とも見たことがないほどの笑顔で揉み手をしており気色悪い。一体何を企んでいるのかといえば、お土産と氷魔法が狙いだろう。

「うん、とりあえず上がるよ」

「どうぞどうぞ」

「お荷物をお持ちいたします」

俺が玄関に上がると、トールが先導し、俺の後ろにアスモが控えて鞄を持ってくれる。

いつもは俺を適当に扱う二人が、俺を貴族扱いときた。ここまで下心が見え見えだといっそ清々《すがすが》しく思えてしまうから不思議だ。

リビングに着くと、部屋の窓が全て開け放たれている。しかし、風は時折しか吹かないせいで、とても涼しいとは言えない。

「風がないとちょっと暑いね」

「申し訳ありません。いつものアレをお願いします」

そう言って頭をぺこりと下げるトールとアスモ。涼しくなるためなら頭ひとつ下げるぐらい厭《いと》わないようだ。

「しょうがないな」

俺はわざとらしくため息を吐《つ》いて、もったいぶってから氷魔法を発動。

すると、部屋の中に冷気が漂い出す。

「「うっひゃー！　涼しい！」」

その瞬間、トールとアスモが歓喜の声を上げる。

「アルの氷魔法は最高だぜ！　おい、アスモ、冷気を逃がすな！　そっちの窓を閉めろ！」

「もうやってるよ！」

俺が冷気を出すなり、速やかに部屋の窓を閉めるトールとアスモ。アスモは見たことない俊敏な動きで、そこには少しの冷気さえも外に逃がしてやるものかという執念が感じられた。

「とりあえず、フルーツジュースで」

「わかった！」

俺はテーブルの上に用意されているコップ三つに、氷魔法で氷を入れて座る。

すると、給仕係のトールがコップを台所に持っていって、フルーツジュースの準備をし始めた。

このようなやり取りは夏はいつものことなので手慣れたものだ。

しかも、今日は俺がただ遊びに来たのではなく、お土産を持ってきていると理解しているせいか二人の態度はすこぶるいいな。

「アル、鞄、テーブルの上に置くよ？」

「うん、ありがとう」

「よいしょ、結構重い。これ、お土産だよね？」

ここで違うと言ったらどうなるのだろうか。その時のこいつらの表情を見てみたい気もするけど、期待を裏切られたら何をしてくるかわからないところだ。

「そうだよ」

「おお、何の食べ物？」

何故お土産＝食べ物になるのか。アスモの思考回路がちょっと理解できないが、こうなることを理解して食べ物を多めに持ってきているので問題ない。

「それは開けてからのお楽しみだね」

「ほらよ、フルーツジュースだぜ」

俺がそう言ったところで、トールがコップを持ってきて席に座る。

俺達は自分のコップをそれぞれ手に取ると、まずは軽く喉を潤す。

うん、トール家調合のフルーツジュースは美味しいな。

リブラの実とモモの実を混ぜ合わせているのかな。すっぱい中に、微かにモモのような爽《さわ》やかな味がする。

「これ、リブラの実にモモの実を少し混ぜてる？」

「ああ、そうだぜ。リブラの実だけでも濃厚で美味いけど、ちょっと味が濃いからな。水とモモの実で調節してんだ」

なるほど、やはりそうなのか。帰ったらバルトロに言って同じものを作ってもらおう。

「にしても、氷があるとやっぱり冷たくて美味いね」

「だな。クソ暑いと、いくら美味しいフルーツジュースでも喉が通らねえよ。やっぱりこの冷たさがねえとな！」

しみじみと呟くアスモと、コップを指でコンコンと弾《はじ》きながら力説するトール。

確かに、ぬるくて甘いジュースって美味しくないもんな。

「はぁー、テーブルも冷たくて気持ちいいぜ。俺、夏だけはお前のことを愛してるって言えそうだ」

「気持ちの悪いこと言うなよ。フルーツジュースがマズくなる」

トールから愛してると言われるとか、想像するだけで冷や汗が流れてしまう。

俺達はテーブルに頬をつけて冷たさを満喫したり、フルーツジュースの冷たさを味わうように飲んでいく。

「そう言えば、二人ともどうして今日待ってたの？　別に俺達約束してなかったよね？」

そう、ミュラさんの口ぶりからすると、まるで今日のこの時間帯に俺が来るのを知っていたかのような感じだった。

「んなもん、アルが今日お土産を持って来ると確信してたからに決まってんだろ。つーか、来なかったらこっちから突撃するだけだけど」

「アルは、旅から帰ってくると初日と二日目は絶対に外に出ない。だから、三日目の今日なら出てくると思った」

「……俺のことをよくおわかりで」

想像以上に俺のことを理解しているトールとアスモにびっくりした。というか俺の家に押しかけるとか、今日にお土産を持っていく判断をしてよかった。

お土産タイム

I want to enjoy slow Living

「で、今回はどんなお土産を持ってきてくれたんだ？」

フルーツジュースを一杯飲み終わって落ち着くなり、トールが期待に満ちた眼差して尋ねてきた。

その視線は俺ではなく大きな木箱や鞄に注がれており、何が出てくるか心底楽しみにしている模様。

隣にいるアスモもそれは同じで、まるで透視でも試しているかのようにふたつを凝視している。

多分、この中で一番の目玉は冷凍された魚だ。

しかし、それを最初に見せてしまうと他のお土産が霞んで見えてしまうので、最初は期待値が低いであろう物からいこう。

「はいはい、じゃあ最初はこれ」

俺は鞄から小さな木箱を取り出して、トールとアスモに見えるように開けてやる。

そこに入っているのは綺麗な貝殻や、魔石の破片だ。

「そうだよ。海で獲れた貝殻。虹色で綺麗でしょ？」

「何だこれ？　貝殻か？」

「はー、確かにキラキラと光ってるな。これが海にある貝ってやつか」

貝殻を摘まみ上げて興味深そうに眺めるトール。

コリアット村にも小さな貝はいるが、食べられるものではないからな。泥臭いし身は小さいし食用向きではない。殻も灰色とか茶色とか、とてもアクセサリーにはならないじみないろだ。

海のように大きな貝はほとんど生息していないので、このような大きくて綺麗な貝殻は新鮮だろう。

正直これだけで海に行ったという手土産になると思うんだけどな。

俺がそんなことを思っていると、アスモが尋ねてくる。

「……ねえ、アル。中身は？」

「ないよ」

アスモのことだからそんなことを言うと思ったよ。このような綺麗な貝殻を前にして、中身を気にするとは。もう少し美術への関心はないのか。

「こっちの透明な奴は何だ？」

「ああ、それは魔石の破片だよ。魔石が海に流れて削られるとこうなるんだって」

「へー、そうなのか。こういうのは女が喜びそうだな」

「まあ、部屋に飾るなり誰かにあげるなりしたらいいよ」

こういう綺麗なものは女性に喜ばれるからね。

二人がこういう物を眺める趣味はないと思うので、村の女性と取引する時とかに使った方がいいと思う。

「んー、まあ飾っとくよ。せっかく貰ったお土産だしな」

「コリアット村にはない海の物で、貴重だしね」

意外と嬉しいことを言ってくれるではないか。お土産を用意したこちらも嬉しいというもの。適当に浜辺で拾ったやつだけど。

クイナが用意してくれた加工された魔石の破片がよかったかな。

「さて、次はお待ちかねの食べ物だよ」

「「おお！」」

ちょっと気まずくなったので、俺は気を取り直すように貝殻や魔石の破片から食料へと話題をチェンジさせる。

二人が期待の眼差しを向けてくる中、俺は鞄からふたつの壺を取り出す。

「はい、これ開けてみて。ふたつとも違う食べ物だから」

俺は二人の反応を期待して、わざと開けずに促す。

「俺がこっち開けるから、アスモはそっちな！」

「わかった！」

すると、二人は勢い良く壺を揃って開けた。

その瞬間、密閉された壺からあふれ出る魚特有の生臭さとキツイ塩の香り。

「うぎゃあああああ！　何じゃこれ！」

「うう、くさい！」

間近で魚とスモールガニの干物の匂いを嗅いだトールとアスモが、ものすごい顔で壺から離れる。

「ちょっ、これ匂いがキツイ。おい、アスモ窓を開けろ！」

「でも、そうすると冷気が逃げるよ！」

干物の匂いがきつくて換気をしたいけど、窓を開ければ冷気が逃げてしまい熱気が入ってくる。

トールとアスモからすれば、どちらも地獄でしかないだろう。

「そうだった！　おい、アル。何なんだよこれ！　本当に食い物か⁉」

「あはは、魚とスモールガニを保存食に加工したものだよ。匂いはキツイけど普通に美味しいよ。空気なら魔法で入れ替えて涼しくしてあげるから食べてみなよ」

俺が笑いながらそう言うと、二人は恐る恐る壺に近付く。

トールは匂いにビビッて手を出せずにいるが、アスモは恐怖に食欲が勝ったらしい。壺に手を入れてスモールガニを掴んだ。

アスモが手に取ったスモールガニは赤々としているのを通り越して、日光と塩やソースなどが染み込んでいるお陰で茶色い。

そして濃厚なまでにカニの匂いが漂っている。

「お、おい、食うのか？」

トールが心配そうな表情で見守る中、アスモはそれを一気に口の中に入れた。

アスモが咀嚼《そしゃく》する度《たび》に、パリパリゴリッという殻を砕くような小気味のいい音が鳴る。

「……あっ、美味しい！　コリアット村の川にいるカニより味が濃厚で、噛めば噛むほど味が染み出してくる！」

「干物にされているからね。味が凝縮されているんだ」

「それに食感も楽しい。トールもビビッてないで食べてみなよ」

「だ、誰がビビッてるかっつーの！」

堂々と食べてみせるアスモに挑発されて、トールも壺に手を伸ばして、カニを口へと放り込む。

「確かに美味《うめ》え！　匂いと壺の絵面《えづら》はともかく、味は絶品だな」

あはは、スモールガニがぎっしりと敷き詰められている壺の中は、たくさんの足が突き出ててちょっとビビるから気持ちが少しわかる。

スモールガニだと知らずに壺を覗いてしまえば、軽く悲鳴を上げそうになるしな。

「で、もう一個の方が海の魚か？」

「うん。鯵とかサバとか色々な海の魚の干物が入ってるよ」

「あじ？　さば？」

俺が壺の中に入っている魚をふたつ挙げると、トールが首を傾《かし》げる。

「海の魚の名前だよ」

「へー、よくわかんねえけど海の魚なら何でもいいや」

他にも何種類か入っているだろうが、海の魚をよく知らないトールとアスモにそこまで詳しく語ってもピンとこないだろうな。

とにかく、川の魚とは違う味であれば喜ぶだろうし。

スモールガニで美味しさについては信用できるようになったのか、トールとアスモが物怖じせずに魚の干物を手に取る。

「うおっ！　どうなってんだこれ？　平《ひら》てえぞ？」

あはは、魚の干物は基本開かれているから、いきなり見た時のインパクトは凄いよね。

「全部食べるのは大変だから、ちょっと千切《ちぎ》って味見してみるといいよ」

「お、おう、そうだな」

もちろん小さなやつも入っているが、二人が取ったのは大きめなものだ。ここは少し千切って食べるくらいがいい。

トールとアスモが干物の端の部分を引っ張ると、ぺりっと剥《む》けるように身が取れる。

日光やら塩やらが染み込んで茶色みを帯びた身。見ているだけで濃厚な魚の味が思い起こされるな。

トールとアスモは剥き取った身をゆっくりと口に入れる。

「あっ、こいつも美味えな！　これが海の魚ってやつの味か！」

「普通に川魚を焼いた味とは違う濃厚な味だね」

干物を食べるなり目を見開いて感嘆の声を上げるトールとアスモ。

美味しそうに食べている二人を見ると、こちらも少し食べたくなってくるな。

「……ちょっと一口だけちょうだい」

「あっ、こら！　お前は自分の家にたくさんあるんだろうが！」

「家にあっても今食べたいんだよ！　最後の手土産やらないぞ！」

「ちっ、しょうがねえな！」

俺がそう脅すと、トールは渋々と言った様子で干物を渡してくる。ちなみにアスモは死んでも渡すものかと抱えるようにしていた。

うん、アスモから食料を貰えるとは欠片《かけら》も期待していないから安心してもいいよ。

トールの干物は鯵か。

俺は鯵の干物を手でぺろりと剥がし、それを口へと持っていく。

口の中に入れると、豊潤な磯の香りが突き抜け、噛みしめると鯵の凝縮された旨味が染み出してくる。

噛めば噛むほど潮の味と鯵が感じられる。

「美味しい。普通に焼いて食べるよりも純粋な旨味はこっちの方が上だね」

くっ、後はこの辛みのある口の中をカグラ酒でキュッとうるおせたら、もっと最高だろうに。海鮮料理とカグラ酒の相性は抜群だからな。

くそ、空間魔法の中に、酒とツマミばかりが収納されていってしまう。

このままだと亜空間が居酒屋になってしまうぞ。それを堂々と晩酌できるようになるにはまだまだ遠いな。

「で、アル。最後の箱に入ってるやつは何だよ！」

俺が鯵の干物を食べていると、トールが待ちきれないとばかりに木箱を叩く。

アスモは木箱を触ったり、匂いを嗅いだりして「冷たいものか……」などと真剣な表情で呟いている。

「わかった。最後の目玉商品を開けるよ」

そう言って、俺は木箱の蓋を開ける。

そこには俺が氷魔法でぶち込んだ氷とたくさんの氷漬けの魚が入っていた。

「うおおおお！　これが本物の海の魚ってやつか！」

「いっぱい入ってる！」

目をキラキラと輝かせて覗き込むトールとアスモ。

小魚はそのまま氷魔法で冷凍し、大きめの魚は頭や内臓処理をしてから冷凍させている。瞬時に凍らせ亜空間に収納していたので、鮮度もバッチリだ。

「おいおい、それじゃさっきあげた干物が偽物みたいじゃないか」

「いや、わかってるけど、さっきの何か違うし平たいからよ」

まあ、どちらが魚らしい姿をしているかと言われれば一目瞭然だしな。

トールを微笑ましく眺めていると、アスモが真剣な顔つきで尋ねてくる。

「……これ、どうやって食べるの？」

「小魚は骨をあんまり気にしなかったら塩で焼いて食べてもいいし、中くらいの魚は内臓とかも取ってあるから、お腹から包丁を入れて身だけ取って焼いたり、そのままお腹に野菜とか詰めて、醤油ベースで煮込んだりするのもありだよ」

「なるほど。わかった」

「え？　俺はアルの言うこと全然わかんねえんだけど？」

普段から料理をするアスモに対し、まったく料理をしないトールは説明を受けてもまったくイメージができなかったようだ。

「詳しくはアスモに聞いてよ」

今日はあんまり料理する気分でもないし、ここでいちいち手取り足取り教えるのも面倒だ。

お隣さんだしアスモに聞いた方が早いだろう。

「おい、アスモ教えろよ」

「跪《ひざまず》いて、この頭の悪い私めに調理方法を教えて下さいアスモ様、と言えば考えてあげる」

「ふざけんなクソデブ！　誰がお前にそんなこと言うか！」

「ははっ、調理方法も聞かずに魚を手に入れても苦労するよ？　何でちゃんと聞いておかなかったんだってミュラさんが怒ると思うなー」

「ぐぐぐ、母ちゃんを引き合いに出すとは卑怯《ひきょう》な」

川魚で少しは要領を知っているとはいえ、初めて扱う食材というのは緊張するもの。ミュラさんからすれば、ちゃんと聞いていなかったら怒るだろうな。

「すいません。喉が渇いたのでちょっとだけ水を――あっ、涼しいけど臭い⁉　何、この匂い⁉」

そんな話をしていると、ちょうどとばかりにミュラさんが窓を開けた。それと共に干物やら魚やらの匂いがいってしまったのか、ミュラさんが驚いて後退《あとずさ》る。

「あー、そう言えばまだ換気してなかったね」

「何か慣れて気にしなくなってたわ」

「俺も」

「慣れたじゃないわよ。早く窓を開けて空気を入れ替えなさい！　匂いが部屋に染みつくわよ！」

俺達が気にせずに座っていると、ミュラさんが口元にタオルを当てながら窓からリビングに入り、室内の窓を開けていく。

「母ちゃん、暑いってば。換気なら適当にやっとくからほっといてくれよ」

「後じゃ遅いのよ！」

トールがそのような文句を言うが、ミュラさんは構うことなく遠慮なく窓を開ける。

室内に漂っていた冷気が外へと逃げて、代わりに外から熱気が入ってくる。

「まったく、一体何の匂いなの？」

「アルが持ってくれた干物だよ」

「きゃっ⁉　ちょっと何よそれ？」

トールが壺の中から摘まんで見せると、ミュラさんが小さな悲鳴を上げる。

干物ってパックリと体が開かれているから、ぱっと見少しグロいんだよね。

もはや味を知って見慣れた俺達ならともかく、初めて見るミュラさんからすれば衝撃が強いかもしれない。

そんなミュラさんの驚きを知ったトールは、悪戯小僧のような笑みを浮かべてミュラさんを追いかける。

「へへへ、これが海の魚だぜ。母ちゃんも初めて見るだろ？　ほら、見てみろよ！」

「こら、やめなさい！　それを近づけないで！　何か気持ち悪いから！」

「はははは、これさえあれば母ちゃんも怖くねえな！」

やってやりたくなる気持ちはわかるけど程々にね。

その後、トールは勿論ミュラさんに怒られたし、リビングに干物の匂いが少し残ってエマお姉様にも怒られた模様。

だけど、干物の味は好評だったらしい。

カツオ料理

I want to enjoy slow Living

「喉が渇いたな。フルーツジュースでも取りに行こう」

家に帰って来て室内でゴロゴロしていた俺であったが、喉が渇いてしまったのでベッドから起き上がる。

別に空間魔法に収納しているフルーツジュースを飲めば楽だろうけど、そこは気分転換も兼ねてだ。

冷気の漂う室内にこもっていると、どうしても身体が硬くなってしまうので、きちんと適度な運動はしておかないとな。

立ち上がった俺は首を回したり、腕を回したり、ぐっと伸びをして筋肉をほぐしてから歩き出す。

扉を開けると程よい気温の空気が肌を撫でる。

現在、屋敷には俺の氷魔法によって作られた氷がバケツに入れられて、あちこちに設置されている。そのお陰で、大抵の場所は外よりも涼しいのだ。

秋のような適温の中、俺は一階へと降りて厨房へと入る。

「バルトロー、ちょっとジュース貰うよー」

俺がそう言いながら入るも、バルトロからの返事はない。

いつもなら「おう」とか適当な返事がくるのだが、今日はいないのかな？

そう思ったが、厨房の中央にはバッチリとバルトロがいた。

「……うーん、次はどうするか」

台にある何かを見つめながら唸り声を上げるバルトロ。

眉間にシワを寄せているせいでただでさえ凶悪な顔つきがより恐ろしいものになっている。その顔はとても迫力があり、思わず怒ってるのではないかと思ってしまうほどだ。

とはいえ、バルトロは無意味に怒るやつでもない。

俺が入ってくるのに気づかないほどの考え事とは一体何か。

気になった俺は、冷蔵の魔導具ではなくバルトロの方へと近付いていく、

「バルトロ、何か悩んでるの？」

「おわっ⁉」

俺が近づいて声をかけると、バルトロが驚いたように後退る。

「何だ坊主か。頼むから気配を消さずに普通に近付いてくれねえか？」

「いや、俺としては普通に近付いているつもりなんだけど……」

厨房となると、調理器具や包丁などがあるし、驚かすなどの悪ふざけはご法度《はっと》だ。そんなことをすれば、二度と厨房には入れてくれなくなるだろうしな。

「まあ、俺も考え事をしていたし仕方ねえか」

「料理の考え事？」

「ああ、坊主達が持ち帰ってくれた海の魚についてな。ちょっくら試行錯誤しながら作っていたんだ」

バルトロが指さす先を見ると、まな板に冷凍されたカツオのタタキが載っており、台の上にはカルパッチョや醤油漬け、ステーキといった料理が並んでいた。

俺が氷魔法で冷凍して持ち帰った食材を早速解凍して料理していたのだろう。

「おお、本当だ。ちゃんと軽く火を通してあるね」

「ああ、カツオはそうした方が旨味が出るし、危険が少ねえってメモに書いてあるし、坊主にも言われたからな」

そう、カツオは皮に菌がついていることが多く、生で食べると危ない場合もある。軽く火で炙《あぶ》れば菌は死ぬし、また水分が減り食感が向上する。それに身の旨味も凝縮されるので生で食べるならタタキにするべきだ。

それは長年の経験でシルフォード家の料理人もわかっていたのか、俺が氷魔法でカツオを冷凍していた時に教えてくれたし、各魚についての注意点が書かれたメモもくれたのだ。本当にエリックの家の料理人は優秀で優しいな。

「ちょっと食べてみていい？」

「ああ、味見してくれ」

俺が尋ねるとバルトロは盛り付けたタタキをこちらに寄せて、小皿に醤油を入れてくれる。

まずは盛り付けられたタタキを指で掴み、醤油に軽く浸して口に入れる。

カツオの大きな身が舌の上にデロりと乗っかり、噛むとカツオの濃厚な味と醤油の味が口の中に広がる。

うん、相変わらず癖のある味だけど、この濃厚なまでの脂《あぶら》の味と、それを包み込む醤油のコンビネーションが素晴らしい。

「うん、美味しいね。いい感じに火が通ってタタキになってる」

「ああ、だけどちょっと独特な味というか、臭みがあるからそれを消す薬味があった方が食べやすいと思うんだが、シルフォード家の屋敷じゃどうだった？」

「うん、生姜とかネギとか大根おろしとか使っていたよ。後は向こうに醤油はないから、柑橘系のソースでさっぱりした感じになってた」

「やっぱりそうか！　だったら、食べやすいように薬味を使ってやらねえとな」

俺がそう答えると、バルトロが無邪気な笑顔で言う。

自分の料理人としての勘《かん》が当たっていて嬉しいのだろうな。

普段は強面《こわもて》なバルトロもこういう時は、子供のような笑顔だ。

「こっちに置いてあるステーキも食べていい？」

いそいそとタタキを移動させるバルトロに俺は尋ねる。

タタキ系以外に置いてあるカツオのステーキらしきもの。こちらも醤油ベースで焼かれており凄く美味しそうだ。

「おお、薬味は入ってねえけどな」

バルトロが笑いながら言うなか、俺はフォークでステーキを刺して口に入れる。

タタキとは違い、身が引き締まっているステーキ。しかし、歯を突き立てるとそれはホロリと口の中で崩れて、さっぱりとした身の味を吐き出す。

「うんうん、確かに薬味は入ってないけどソースがちょうどいいお陰で気にならないと思うよ」

カツオの風味は独特であるが、醤油ベースのタレが少し甘めにされているお陰か、臭みもあまり気にならない。

「そうか。じゃあ、タタキとかよりも控えめにネギとか生姜を加えて焼くことにするぜ、ありがとな。参考になった」

ストレートに礼を言われると少し照れるな。俺は少し味見をしただけというのに。

「おっ、やべえな。そろそろ嬢ちゃんの弁当を作らないといけねえ」

俺が少し照れていると、バルトロが思い出したかのように料理を片付け始める。

そう言えば、今日エリノラ姉さんは自警団の稽古に行っていたな。もうすぐ昼になるので急いで弁当を作らないといけないのだろう。

「今日の弁当は何にするの？」

「……カツオに夢中で考えてなかった」

「そのままステーキとご飯でもぶち込んじゃえば？」

カツオのステーキなら十分にご飯と合う。それだけで弁当として十分ではないか。

「いや、さすがにそれだけじゃ可哀想だろ。一応女の子の弁当だしな」

ああ、そうか。エリノラ姉さんがいる＝エマお姉様とシーラ、それに最近自警団に入ってきた女の子も数名いるということ。男に作るような適当な弁当ではダメなんだろうな。

思春期の女の子を抱えるバルトロも大変だ。

とはいえ、今から見栄《みば》えのいい料理を作っていては時間が怪しい。ここは手間が少なく、かつ美味しくて変わった料理を提供する必要がある。

「じゃあ、カツオの焼きおにぎりとかどう？　見た目は華《はな》やかじゃないけど、珍しいし作るのも楽だよ」

「お？　どんな料理だ？」

俺が提案するとバルトロが興味深そうにしたので説明する。

カツオの焼きおにぎりとは、タタキを細かく刻んでなめろうのようにし、それとご飯を混ぜ合わせて焼くことである。日本の宮崎県の漁師料理で、こなますという別名だったはずだ。

「なるほど、焼きおにぎりのご飯にカツオの身を混ぜ込んだようなものか。美味そうだが、それだけじゃなあ……」

俺の説明の一部を聞いたバルトロが腕を組んで唸る。

「ふっふっふ、バルトロ。これだけじゃないよ」

「なに？」

「カツオの焼きおにぎりはそのまま食べるだけでも美味しいけど、暑い季節は冷たい出汁《だし》をかけて食べるとさらに美味しいんだ。冷たい出汁をかけてホロリと崩れるお米とタタキを一気にかき込む……」

俺が想像させるようにわざとゆっくりと語ると、バルトロはそんな光景を想像したのかゴクリと喉を鳴らす。

「ま、まあ、ご飯も用意してあるし作ってみるか」

やったね。本当は俺が昼食で食べたいだけだけど、暑さで食欲を失う今の季節では、エリノラ姉さんにとっても食べやすいしいいだろう。

女子っぽい弁当かと言われると間違いなく違うけど……。

カツオの焼きおにぎり

I want to enjoy slow Living

エリノラ姉さんの弁当、兼自分の昼食を作るために、俺とバルトロは厨房で調理を進める。

「じゃあ、タタキが既にあるから、バルトロはそれを包丁で荒く刻んで」

「おう、任せな」

俺がそう言うと、バルトロはタタキを包丁で刻み出す。

豪快でありながら繊細な手さばきで包丁を打ち付けるバルトロ。トントントンと規則的な音は包丁の扱いが慣れている証拠で、聞いていてとても気持ちがいい。

バルトロの旋律を聞きながら俺はゴマをフライパンで軽く炒《い》り、出汁のためにカグラで手に入れた昆布を水の中に浸しておく。

それから青ネギを洗って、小口切りにしていく。

適度にゴマの風味が漂ったところでフライパンから小皿にあげて、また青ネギを切る作業に戻る。

やはり俺の包丁の音とバルトロの包丁の音は大分違うな。やはり本職と齧った程度では違うということだろうな。

「坊主、カツオを刻んだぜ。これくらいの荒さでいいか？」

俺が青ネギを切っていると、バルトロはもう終わったようで、刻んだカツオを見せてきた。

「うん、細かくし過ぎると食べ応えが減るからね。次は生姜をおろしておいてくれる？」

「わかった」

俺が頼むとバルトロはすぐに生姜をすりおろし始めた。

それから昼食の分まで青ネギを刻み、生姜をおろし終わると、ボウルにご飯、刻んだカツオ、青ネギ、生姜、炒ったゴマ、さらに少しの塩を加えてバルトロの手で豪快に混ぜてもらう。

「いいよ、いいよー。よく混ぜてね」

「……言っとくけど混ぜたら坊主も握るんだぞ」

「あ、やっぱり？」

このままバルトロが全部握ってくれないかなとか思っていたけど、やはり俺も握らないといけないか。

俺がそんなことを思っているうちに、ボウルの中では見事に混ぜられたカツオ飯が出来上がる。米粒が少し潰れるくらいのちょうどいい塩梅《あんばい》。

「よし、後はおにぎりの形にするだけだね」

きちんと手を洗った俺は、カツオ飯を手の平に乗せておにぎりの形へ。

手の平全てを使うように転がし、まんべんなく力を加えていく。そうして三角形になったものをお皿の上に。

「どっちが作ったおにぎりだってすぐにわかるね」

「ははは、俺と坊主じゃ手の平の大きさが違うしな」

お皿の上に乗ったおにぎりのサイズは一目瞭然。俺が作ったおにぎりの方が圧倒的に小さかった。

まあ、七歳児の手で握ったわけだし仕方がないよね。

バルトロよりも少し時間をかけながらも、俺は丁寧に握ってカツオの焼きおにぎりを作っていく。

しばらくすると、大きな皿を埋め尽くすほどのおにぎりが完成した。

「よし、これで十分でしょ」

「……いや、多分もう少しいるな」

「え？　お弁当におにぎりがそんなにいる？」

この大皿に乗っているやつだけで軽く二十個以上はある。これだけあればエリノラ姉さんのお弁当分、家族の昼ご飯に使っても大丈夫そうだ。

「まず嬢ちゃんの弁当は多めに作らないといけねえ。料理を交換したり、振る舞ったりするからな」

「あっ、そっか。たまにエマお姉様やシーラに分けているもんね」

ただでさえ美味しいバルトロの料理だ。海の魚を使ったと聞いたら、エマお姉様はともかく、シーラが欲しがって仕方がないもんね。

「あれ？　でも、仮に十五個くらい詰めても結構余っているような？」

「後ろを見てみろ」

バルトロに言われて振り向くと、入り口から顔を覗かせるミーナが……。

「そっか。賄《まかな》いもあるもんね」

「まあ、そっちは後でゆっくり作ればいい」

バルトロがそう言った瞬間、ミーナがショックを受けたような表情になる。

メイドが昼食を食べるのはいつも俺達が食べ終わる後だからね。必然的にこれはお預けということになる。

「そ、そんな二個……いえ、一個でいいんです！　先に食べさせてもらえないでしょうか？」

今すぐに食べたいのか、ミーナが入り口から囁いてくる。

「とか言ってるけど、どうする？」

「……まあ、一個くらいなら別にいいんじゃねえか？　俺達もこれから味見するし」

俺が判断を委ねると、バルトロが額を掻きながら言う。

相変わらずバルトロは少しミーナに甘い気がするが、どうせ俺達も味見をするんだし、一人増えたところでついでだよね。

後でおにぎりを増産するのはバルトロだし。

「だってさ」

「あはっ！　ありがとうございます！」

振り返ってそう言うと、ミーナが周囲を見回して警戒してから輝かんばかりの表情で入ってくる。

きちんと周りを確かめる辺り、かなり慣れているな。

人というのはこういう喜びが露わになった瞬間に油断してしまうというのに、さすがだ。

「坊主、出汁の方はもう十分じゃねえか？」

「そうだね。軽く煮込んで味付けするよ」

バルトロが取り皿を用意している間、俺は昆布を浸していた水を火にかけていく。

それから沸騰する直前で昆布を取り出し、みりんと薄めの醤油で軽く味付け。

小皿で味見をすると、昆布出汁の優しい味と、まろやかな醤油の味がした。

「あー、この出汁ずっと飲み続けられるや」

美味しい出汁というのは飲み物のようにスッと喉が通るな。まったく、昆布がいい仕事をしているぜ。

出汁が完成したらバルトロの用意してくれた茶碗に出汁を注ぎ込む。後は食べたい時に、ここに入れて食べればいい。

俺が出汁の用意を完成させていると、既に厨房には椅子や飲み物が並べられて、準備万端の様子でバルトロとミーナが座っていた。

俺はサイキックで茶碗を持ち上げて椅子に座り、茶碗をテーブルの上に置く。

「よし、それじゃあ食べようか」

「はい！」

「おう！」

俺がそう言うと、ミーナとバルトロが元気よく返事して、カツオの焼きおにぎりに手を伸ばす。

まだほんのりとぬくもりのあるおにぎりを手で持ち上げて、一口齧る。

口の中に広がるカツオの味と、そしてほんのりと香る生姜の風味。ご飯とカツオの相性は言わずもがな、それを程よい塩と生姜が爽やかに後押ししてくれている。

暑い夏であっても、比較的食べやすい美味しさだ。

「やっぱり、カツオとご飯はよく合いますね」

「ああ、いい塩加減してるぜ」

三人でカツオの焼きおにぎりを噛みしめている中、ミーナがふと我に返ったように口を開く。

「あっ！　アルフリート様！　前に作った焼きおにぎりみたいに甘辛い醤油をつけても美

味しそうじゃないですか⁉」

「確かに、表面に醤油を塗って焼き上げても美味しいと思う」

「カツオは醤油とも合うしな。ちょっとそれも作ってみるか」

ミーナと俺の言葉を聞いたバルトロが、すぐに立ち上がって醤油ダレを用意し始める。

それからカツオの焼きおにぎりにタレを塗って、表面を焼き始めた。

別に、これを食べ終わった後でもいいと思うんだけど、料理人として味が気になってしまうのだろうか。

俺とミーナは醤油の焼ける香ばしい匂いを嗅ぎながら、塩味の効いたカツオの焼きおにぎりをハムハムと食べ進める。

「あー、醤油の焼ける匂いは、暴力的ですね。もう、夕方頃にこの匂いが漂うと仕事に手がつかなくて……」

「お腹が空《す》いてる頃に、この匂いがくるときついよね」

いい匂いが漂ってくると、部屋でゴロゴロしたい気分であっても抗《あらが》えなくなってダイニングルームに降りてしまうことも多い。

睡眠や怠惰《たいだ》も大事だけど、食事もまた大事だということだな。

そして、ちょうど俺達が一個食べ終わった頃、バルトロが醤油を塗り込んだカツオの焼きおにぎりを持ってきた。

「よし、できたぞ！」

「うわああっ！　美味しそうです！」

ミーナが笑顔で手を伸ばしたところで、俺はおにぎりの皿を遠ざける。

「あれ？　ミーナは一個でいいんじゃなかったっけ？」

「ああっ！　そんな意地悪しないでくださいアルフリート様。一生の頼みですから！」

おいおい、こんなところで一生の頼みを使っていいのか。

「まあ、いいじゃねえか坊主。後で俺がいくらでも作ってやるから問題ねえよ」

「ば、バルトロさん……っ！」

頼もしいバルトロの言葉に、ミーナがキラキラとした表情を浮かべる。

まるで飼い主とペットを見ているような気分だ。

まあ、いいや。俺としてはちょっとミーナをいじりたいだけであって、意地悪などするつもりじゃないし。

素直に皿をテーブルに置くと、ミーナが掻っ攫《さら》うかのような素早さでおにぎりを取る。

「あつっ！　熱いです！」

「はは、そりゃ今焼いたばかりだからな！」

熱がるミーナを見て笑うバルトロ。

「危なかった。俺も美味しそうな香りに誘われて手を伸ばすところだった」

「ず、ズルいです。何だかいつも私だけこういう目にあっているような気が……」

それはミーナがいつも真っ先に行動するからであろう。別に俺が意図的にハメているわけではない。

十分に息を吹きかけて冷まし、俺は醤油の塗られたカツオの焼きおにぎりを一口。

焼き上げられたことにより表面はカリッとしており、中の部分はホロリと崩れる。香ばしい醤油の味とカツオがこれ以上ない程にマッチし、ゴマや青ネギが密かにそれを支えている。

「ふわぁ……こっちもいいですね。外がカリカリしてます」

「ああ、ミーナの言う通り相性が抜群だったな」

塩とカツオの相性もいいが、醤油もまた王道。

俺達はカツオの焼きおにぎりをドンドンと食べ進める。

「おっと、出汁もあるからこっちも試さないと」

「ああ！　確か出汁をかけると美味しいって言ってましたね！」

あまりの美味しさに出汁を試さずに食べ終わるところだった。

「じゃあ、ちょっと氷魔法で冷たくするよー」

「お願いしまーす」

中央に集めた出汁の入った茶碗に氷魔法を使用。凍らすのではなく、ゆっくりと冷気を当てて出汁の温度を下げていく。

それからスプーンで出汁を少し味見。

「うん、いい感じに冷たくなったよ」

「ありがとうございます！　お茶碗がヒンヤリしていて気持ちいいですね！」

「相変わらず坊主の氷魔法は便利だな。氷の魔導具じゃ、冷やすのにも時間がかかるし、微調整もしづらいからな」

ふふふ、そこは氷魔法が使える者の特権というやつだな。

将来的には、誰もが使えるようになるのが一番いいんだろうけどね。

って、そんなことよりカツオの焼きおにぎりだ。

俺は食べかけのおにぎりを冷えた出汁に落とし、それを少しだけスプーンでほぐす。

冷えた出汁を吸収したおにぎりは、カリッとした表面を残しながらも、ぱっかりと身を崩した。

それをスプーンですくい、口元へと運ぶ。

口の中に広がる冷たい昆布出汁の味。その中でほろりと崩れていくカツオの焼きおにぎり。ご飯と具材がバラバラになっていく感触、しかし、味の方は昆布出汁が全て優しく包み込んでくれた。香ばしいまでの醤油の味さえも、見事に調和させている。

「「「…………」」」

厨房内では、出汁をすする音と、スプーンを動かす音だけが響き、誰も声を上げることがない。人は美味しいものを食べると言葉が出なくなる。今はそう言った状況だ。

俺も美味しいなどという当たり前の言葉は吐かずに、ただただ食べることに夢中だ。

醤油とカツオの味を楽しみながら、冷たい出汁でそれを掻き込む。

この暑い季節に、これ以上ない幸せな食事だな。

バルトロ、ミーナが同時に食べ終わり、遅れて俺が茶碗をテーブルに置く。

それからため息を吐いて、一言。

「「「……ふう、美味しかった（です）」」」

これ以上、重ねる言葉などない。今日で一番感情のこもった声だった。

「今日のお弁当と昼食はこれで決まりだね」

まったく華やかでも女子らしい弁当でもないが、海の魚というコリアット村にはないブランドで誤魔化そう。というか、こんなに美味しいんだから文句は言わせない。

「ああ、早速嬢ちゃんの弁当に詰めねえとな。悪いけど坊主、こっちの鍋の出汁も冷やして水筒に詰めてくれねえか？」

「いいよ。もう時間もないしね」

本当ならもっと時間があったのだが、醤油で焼いたり、三人で話しながら試食したせいで結構な時間が経ってしまった。

早く弁当を用意して届けないと間に合わない時間だろう。

「あっ、お弁当に詰めるの私も手伝いますね」

バルトロとミーナが大きめの弁当箱に次々とカツオの焼きおにぎりやカツオのステーキ、彩《いろど》りのための野菜を入れて、俺が出汁を冷やして水筒に入れる。

「じゃあ、私がエリノラ様のところに持っていきますね！」

「あっ、ついでにこれも入れといて」

「何ですかこれ？」

「出汁とか凍らせたフルーツジュースとか冷やしタオルとか。お弁当が傷《いた》まないようにするためだよ」

夏になるとお弁当の中身が傷んだりするからね。きっちりと鮮度を保てるようにしておかないと。

「なるほど！　では、行ってきますね！」

「はーい」

俺とバルトロが見送る中、ミーナはバスケットを持って厨房を出ていく。

「……坊主は何だかんだ嬢ちゃんの面倒見がいいよな。普通逆だけどよ」

「いや、そんなんじゃなくて空腹のエリノラ姉さんは、いつもより凶暴になるから繊細に扱わないとダメなんだよ」

自然な涼を楽しむために

I want to enjoy slow Living

トールたちにお土産を渡した翌日。朝食を食べ終わり、部屋に戻ると氷魔法による冷気を振りまく。

室内の気温がヒンヤリしたところで、俺は部屋の中をもぞもぞと動いているスライムクッションを掴む。

クッションを開けてみるとお腹を空かせたスライムが悲しそうに動いていたので、香草を放り込んでやる。

すると、スライムは香草を食べることに夢中で動かなくなったので、そっとクッションを閉じる。

本来ならば雑食なので普通の草でもいいのだが、香草などを食べさせた方がハーブのようないい香りがするのだ。そんなことに気付いたので、最近は香りがいいものを食べさせている。

クッションとして、お尻の下に敷いたり枕として使ったりするので、雑食とはいえ、生ごみとかを食べさせるような気にはなれないな。

そんなことを考えながらスライムクッションにも氷魔法で冷気を当てる。すると、柔らかかったスライムが、少しずつ硬化していく。

あんまりやり過ぎると凍ってしまいかねないので慎重に。手で感触を確かめながら低反発くらいの硬度になるまで冷やす。

それから俺はスライムクッションを枕として敷いて、ベッドで寝転んだ。

ヒンヤリとしながら適度な柔らかさ、それでいながら俺の体重を見事に受け止めて押し返すような弾力。

「はぁー、冷たくて気持ちいい」

思わずため息のような言葉が出てしまう。もういっそのことスライムに包まれてしまいたいくらいだ。

ビッグスライムとか近くに生息していないものか？　いたら、全力で捕まえにいってクッションにしてあげるのに。

……これは、転移魔法で探しに行く旅に出るのも、やぶさかではないな。

でも、当分は村の外から出るつもりはないけどね。

スライムの感触を楽しむように寝返りを打っていると、不意に廊下から人が近付いてくる気配がする。

この足音はサーラか？

こういうタイミングでやってくるサーラにはいい思い出がないので、とりあえずサイキックで部屋をロック。

「アルフリート様、失礼します……うっ⁉」

するとちょうどサーラがノックして扉を開けようとしたらしくガタッとつんのめるような音がした。

なんかベストタイミングで入ってこようとしたせいで俺がわざと嫌がらせをした風になってしまった。

俺がちょっと罪悪感を覚えていると、すぐさまに金属音が響く。ポケットからマスターキーを取り出すつもりだ！

「アルフリート様、私が開けようとした瞬間に鍵をかけるのはやめてください」

そして、ちょっと不満そうな表情をしたサーラが入ってきた。

「ごめん、今のはわざとじゃなかったんだ。つい、反射的に……」

「余計に質《たち》が悪い気がしますが、まあいいです。トール君とアスモ君がいらっしゃいましたよ？」

「トールとアスモ？」

サーラの口から出てきた名前を聞いて、俺は思わず首を傾げてしまう。

「一緒に遊びに行くと言ってましたが、約束を忘れていたのですか？」

「いや、約束なんてしていなかったよ」

「本当ですか？　アルフリート様が忘れているだけで本当は約束をしていたのでは？」

何かサーラから疑われて俺自身も自信がなくなったので、念のために記憶を振り返る。

あいつらと出会ったのは、トールの家にお土産を渡しに行ったきりだ。それ以降は会っていないし、遊びの約束をした覚えもない。

完璧にアポなしだ。

「うん、約束はしていなかったよ」

「本当に本当にですか？　ちゃんと思い出しましたか？」

俺がきっぱりと答えるも、なおも疑いの眼差しと言葉を投げかけてくるサーラ。

「どうしてサーラはそこまで俺を疑うのさ？」

「アルフリート様は、ノルド様やエルナ様のおっしゃったことをよく忘れているので」

「……いや、あれはご飯を食べる時に言うのが悪いんだよ」

ノルド父さんとエルナ母さんってば、ご飯を食べている時にサラッと重要なことを言うんだもん。

バルトロの美味しい料理に夢中の際に、そんな面倒な話題など聞きたくもない。

前世での社畜時代も、貴重な昼休みは何よりの楽しみだったので、上司に何かを言われようが適当に返事していたな。

だって楽しい時は楽しいことだけを考えていたいじゃないか。面倒なことを真に受けて、その時間までも憂鬱に暮らしていては勿体ないと言うものだろう？

「まあ、約束していたしていないはいいですが、どうしますか？　アルフリート様も遊びに行かれますか？　それとも一度屋敷に上げ――」

「追い返しといて。今日は外に出る気分じゃないから」

今日はスライムクッションを楽しみながら、エリックから貸してもらったドラゴンスレイヤーの本を読むと決めているんだ。

完璧に屋敷にこもる気分でいたので、今さら外で遊ぶ気にはなれない。

「……いいのですか？　せっかく、ここまで来て頂いたのに」

「別に村からそんなに遠くないし、追い返すとマズいようになる偉い貴族でもない。こっちの都合を考えずに押しかけてくるのが悪いんだよ」

ふっ、前回は俺の思考パターンを読み切ったようだが、今回は外したようだな。残念ながら今日の俺は外に出る気分じゃないのである。

「は、はぁ、わかりました。では、今日はお断りしておきますね」

「うん、よろしくー」

俺が返事をすると、サーラは軽く一礼をしてから部屋から出ていった。

それから部屋で一人になった俺は、枕元に置いてあるドラゴンスレイヤーの本を取り、ページをめくる。

さてさて、ノルド父さんやエルナ母さんの冒険譚がどのようなものであったか、これから楽しみだ。

どこか見覚えのある筋書きでいながら、劇では描かれなかったストーリー。それを俺は追いかけていく。

「おい、アル！　出てきやがれ！」

「アルー！」

屋敷の中庭から微かに響く叫び声。

残念ながら二つとも聞き覚えのあるものだ。

ここはスルーをして本の世界に没頭したいところであるが、あいつらはしつこい上に、無視をし続けると何をやらかすかわかったものではない。適当な理由をでっちあげて屋敷に入ってくるなど当たり前のようにしそうだ。

仕方なく窓の外を見ると、中庭にはこちらを見上げて叫ぶトールとアスモ、付き添いのサーラがいた。

「おら、そこでゴロゴロしてるのはわかってんだぞ！　どうせ部屋で引きこもるんなら俺達と遊びやがれ！」

「それか俺達を涼しい部屋に入れろー！」

俺の顔を目視するなり、こちらを指さして過激な要求をしてくる二人。

君達、ここが貴族の敷地内だということをわかっているのかな？　多分、ノルド父さんとかエルナ母さんとかバッチリ聞いていると思うよ。

とりあえず下に降りるのは面倒だし、外に出るとその時点でなし崩し的に外に連れて行かれそうだ。ここはお断りを願うとするか。

そう決めた俺は窓を開けて身を乗り出す。

「ちょっと、サーラ。追い返してって、言ったよね？」

「いえ、大切な約束をしていたと言うものですから」

俺の意見との折衷案として、屋敷に上げずに中庭か。中々に柔軟な発想をしていらっしゃいますね。

「せっかく俺達が誘いにきてやったのに追い返すことはねえだろ？」

「アルって、そういうところが薄情だと思う」

「はいはい、文句はいいから大切な約束って何？　というかそもそも約束してなかったよね？」

「んなもん、ねえよ」

「さっき考えた出まかせだよ」

俺とサーラの目の前で堂々と言うトールとアスモ。

「だってさ、サーラ。こいつら追い返して」

「…………」

俺がそう言うも、サーラは何故か微動だにしない。

「サーラ？」

「アルフリート様は、最近涼しい部屋で引きこもってばかりです。少しは外へ遊びに行かれた方がよろしいかと」

「おお！　さすがはサーラさんだな！　ミーナとは違うぜ！」

「メイドさんの言う通り、アルは外に出るべきだよ」

まさかのサーラの寝返り。それによって調子づくトールとアスモ。

「いいの？　そんなこと言ってると俺の氷魔法の恩恵がなくなるよ？」

「うっわ！　汚ねえ！　自分が氷魔法使えるからって、それを人質に取りやがった！」

へっ、何とでも言え。今屋敷の中が全て涼しくなっているのは俺のお陰。つまり、俺の機嫌を少しでも損ねると、涼しくなくなるのだ。

そのお陰でいつもは小うるさいエリノラ姉さんやエルナ母さんも、一割分くらい静かだ。

「構いませんよ。そもそも氷魔法による恩恵がなくとも、屋敷は十分に涼しいですし、涼をとる手段はありますので」

「ば、バカな。氷魔法による脅しが効かないだと!?　こんな素晴らしい恩恵を受けながら何故……っ!?」

信じられない。冷気という名の絶対的な恩恵を受けながら、それに囚《とら》われることなく、いとも容易《たやす》く捨てることができるなんて……。サーラ、なんて精神力だ。

「私からすれば、氷魔法の冷気は寒すぎるのであまり好きじゃありません。自然の風や水の方が好きです」

「はっはー、良いこと言うぜ！」

ここぞとばかりにサーラを持ち上げるトールが鬱陶《うっとう》しい。

でも、サーラの言葉には一理あるな。最近の俺ときたらすぐに氷魔法の冷気に頼るばかり。

快適な環境で過ごすことは、勿論素晴らしいことであるが、それでは趣《おもむき》もクソもない。

これでは前世と同じように涼しい部屋で暮らしているだけではないか。

ここは以前の世界のように温暖化や建物の影響でクソ暑いわけでもない。むしろ、氷魔法なんてなくても快適に過ごせるくらいだ。

ここは初心に戻るつもりで自然な涼の取り方を学び直す必要があるかもしれない。俺が田舎《いなか》生活で求めていたものを再確認するために。

「アル、俺達と自然の涼しさを楽しもうぜ」

「この時期にはいい夏野菜がなっているよ。瑞々しいトマトやキュウリ、水ナスに齧り付くのは最高だよ？」

俺の心のぐらつきを突いてくるように畳みかけてくるトールとアスモ。

相変わらず人を魔に落とすことを得意としている悪ガキではない。

そんな魅力的な台詞《せりふ》を並べられたらもう……。

「……わかった。行こうじゃないか」

「はは！　アルはそうでないとな」

「やっぱりアルはわかるやつだと思ってたよ」

自分でもチョロイと自覚はしていたが、自然での涼の取り方というものが、今はどうしようもなく眩《まぶ》しく見えたのだった。

小川でモゾモゾ

I want to enjoy slow Living

「よし、行くか」

トールとアスモと遊ぶことにした俺は、麦わら帽子を被り、首にかけたタオルをシャツの中に入れ込んで屋敷の外へと出た。

玄関の扉を開くと、むあっとした空気が俺を包み込み、猛烈な夏の日差しが差し込んでくる。

それでも堪《た》えられない暑さなどではない。前世の日本の方がこれの二倍以上は暑くて、不快感が強かった。それに比べれば、これくらいどうってことはない。全然平気。

そう必死に俺は思い込んで、扉を開けて階段を降り、トールとアスモが待っている中庭に向かう。

「おう、やって来たか！　ははは、麦わら帽子が絶妙に似合ってるな！」

「そういうトールは、本当に悪ガキみたいな格好だね」

白いシャツに茶色の短パン。それに麦わら帽子を被っており、あとは虫かごと虫取り網でもあれば、完全に田舎にいる小僧だ。

「何だよ悪ガキみたいな格好って……」

「その言葉そのままの意味」

「うっせえなアスモ。畑にいるおばちゃんみたいな格好しやがって」

「どうとでも言うといいよ。これが涼しいんだから」

アスモの格好もトールと似たようなものであるが、麦わら帽子の下にタオルを入れており、首筋や顔の横顔を日差しから守っているよう。

確かに日差しは防げて少しは涼しいであろうが、そのふくよかな顔立ちとも相まって完全に畑にいるおばちゃん状態だな。

「あれ？　アル、水筒は持ってきてないの？」

「俺には水魔法があるから」

トールとアスモは革袋の水筒を腰にぶら下げているが、俺にそれはない。

「あー、ずりい！」

「俺は氷魔法を纏ったりしないだけであって、水魔法や風魔法は適度に使うから」

今回はできるだけ自然を楽しむということであって、別に何もかも魔法に頼らずに生活しようというわけではない。水魔法で水分補給くらいは遠慮なくやる。

「屋敷に来る途中で半分なくなったから、水入れて」

「はいよ」

「ああっ！　俺も！」

結局はトールも水筒の中身が少なくなっていたので、俺は仕方なく二人の分の水を補給してやる。ないとは思うが、水分不足で倒れられたりしたら洒落《しゃれ》にならないしな。

「さて、それじゃあ出発しようか」

「そうだな！」

水筒が満タンになったところでトールが先頭を歩いて、俺とアスモがその後ろをついて歩く。

今日も外の天気はよく、屋敷から続く一本道や青々とした平原がよく見える。その奥ではいくつもの山が重なり合っており、その間から入ってくる風が俺達の肌を撫でていく。

「風があると、思っていたよりも涼しいもんだね」

最近は氷魔法で冷気を纏って暑さを凌《しの》いでいたので、風だけの涼しさというものが随分久し振りのように感じられる。

この感覚に慣れている人からすれば、確かに氷魔法による冷気の涼しさには少し違和感を覚えてしまうだろうな。

「ここは何でか風が強いから涼しいんだよな」

「たまにそういう場所があるけど、何でだろうね？」

「地形によって風の通り道ができるからだよ」

「風の通り道？　何だそれ？　風が通る道なんてあんのかよ？」

首を傾げるトールとアスモに簡単に説明してあげるも、余計に疑問が広がってしまったよう。

　空気の流れの仕組み自体をよく知らない二人では難しかったか。とはいえ、一般教養を学んだ程度の俺も、専門家ではないので詳しくは言えないのだが……。

「高い山などが多いと空気の軌道が変わったりするんだ。あの辺とかの山にぶつかった風が、空いているこの平原地帯に流れ込む感じだよ」

「ふうーん、山が多いせいで空いている場所に風が流れ込みやすいって感じかな？」

「うん、そういう感じ。だから、ここは風が吹き込みやすい場所なんだ」

「何かよくわかんねえけど、ここは風が吹きやすくて涼しいってことだな！」

　まあ、極論ではあるが、地形によって風が強く吹き込む場所があるってことくらい知ってもらえればいいだろう。

　風を全身で感じながら道を歩いていると、小さな木製の橋にさしかかった。その下は小川が流れている。

　俺達は特に声をかけ合うでもなく、その涼しげな水の音に誘われるように近付く。

　夏の小川には様々な生物が生息している。草を掻き分けて歩くだけでバッタが跳ね、止まっていた蝶々がヒラヒラと舞い上がる。

　水辺を求めるのはやはり生物の本能なのだろうか。

　水面を覗き込むと、小魚が優雅に泳いでおり、石ころの近くや端の方に川エビがひっそりと棲《す》んでいる。

そこに手を入れると、暑い夏でも冷たかった。

「手を突っ込んでいるだけで気持ちいいね」

「うん、流れる水が手の平から抜けていく感覚がいいや」

わざと水の流れに抗うように手の平を広げると、指の間をを流れる水が一気に通っていくのだ。

指の間をすり抜ける心地よさといったら、何とも言葉にできないもの。

「あ、さっきアルが言っていた風の通り道ってやつも、これと似たようなもんか？」

「「…………」」

トールの言った何気ない言葉を聞いて、俺とアスモは絶句する。

「おい、何だよ。その信じられないようなものを見たような顔は？」

「ごめん、控えめに言ってバカだと思っていたトールが、こんなことを言うなんて思わなかったから」

「大丈夫かトール？　暑さで頭がおかしくなった？　……でも、熱はないね？」

アスモが思わず額の熱を手で計るも、異常はなかったようだ。

「むしろ、暑さが一周して賢くなったとか？」

「……あり得る」

「本当に失礼だな、お前ら！」

俺とアスモが真剣に心配していると、トールが急に怒って水をかけてくる。

「冷たくて気持ちいいけど股間は狙わないでよ！　わかってはいても、なんか人前を歩きづらいから！」

「ははは、ざまあみろ！」

股間を濡らされると不快感があるし、パッと見お漏らししたように見えるので止めてほしい。

「ひいいっ！　なんか身体がモゾモゾする！」

俺がトールに抗議をしていると、同じく被害者であったアスモが突然服を脱ぎ始めた。

汗と水で湿ったシャツの下から、脂の乗った脂肪がデロリと出てくる。

屋敷から歩いて百メートルも進まないうちに、見苦しいものを見てしまった。

にしても身体がモゾモゾするとは一体……。

俺とトールが驚きながら見守っていると、アスモの身体からピョンピョンと跳ねる何かが見えた。

「何今の？」

「ああ、川エビだな！　ははっ、俺が飛ばした水の中に混ざってたみてえだな！」

俺が疑問の声を上げると、跳ねた川エビを指さしながらトールが笑う。

「何だ川エビか。てっきりムカデとか変な虫とか入ってきたかと思った」

服の下に入ってきた存在が川エビとわかり、安心したようにため息を吐くアスモ。

川エビは小さいとはいえ、足も生えているしな。勘違いしてしまうのも無理はない。というか同じような目に遭《あ》えば、俺も同じように勘違いしそうだ。ムカデとかクモなら絶叫ものだな。

「はは、俺のことをバカにするから罰が当たったんだよ」

「だったらアルは？」

「おお、だったらアルの服の下にも川エビ入れとくか！」

まるでジュースでも飲ませるかのような軽い感覚で言うトール。

俺は危険を感じて即座に逃げようとするも、近くにいたアスモにガッチリとホールドされてしまう。

「アル、逃がさないよ」

「うわあっ！　というか裸な上に汗と水でぬめってる！」

いつもならこんなシチュエーション嫌がるはずなのに、他人を不幸に落とすためならば自分の不幸すら厭《いと》わない。やはりこいつも生粋《きっすい》のクズだ。

「ははは、観念しやがれアル！」

この後、俺もモゾモゾしてアスモと同じように服を脱いだ。

きゅうりと味噌

I want to enjoy slow Living

小川での悪ノリ遊びを終えて、服が乾いた頃合い。

「ここが俺の家の野菜畑だな」

俺とアスモはトールの家の畑へと来ていた。

「へえ、家の前とは違って、こっちでは野菜を中心に育てているんだね」

いつも家のすぐ傍にある畑の近くを通って来るから、こっちの畑には来たことがなかったな。

目の前では、葉を生い茂らせた中に小さな赤いトマトや、紫色のナスが実っていた。

「ここでは何を育ててるの？」

「きゅうりにミニトマト、ニンジン、ジャガイモ、ナスって感じで細かくやってるな」

「へー、ここ全部トールの畑？」

「いんや、そこからあっちはアスモの家の畑だな」

家だけでなく畑までもお隣さんか。まあ、家も近いし自然とそうなるよな。

「アスモの畑では、どんなものを育てているの？」

「うちもトールの家と同じ。色々な種類を育ててる」

「その方が色々食べられていいしな。お互いに管理も楽だしよ」

まあ、一個の種類を大量に育てるよりも、そっちの方が生活はしやすそうだな。

実際、コリアット村の村人は、専門的に何かを育てている人よりも色々な種類の野菜を育てている人が多いし。

ある程度の説明が終わったところで、俺はトールの家の畑を自由に歩く。

目の前にあるのはきゅうりだ。

細い支柱に絡みつきながら葉を茂らせている様《さま》は、まるで緑のカーテンだ。きっと影になっている場所は普通の場所よりも気温が低いだろうな。もう少し大きなものだと、その中をくぐることができたのに少し残念。

「きゅうりはどこかなー……あった」

黄色い花と葉っぱをどかして覗くと、その奥に細長いきゅうりがいくつも生っていた。

「おお、ちゃんと生っているじゃん」

「当たり前だ。ちゃんと生るように育ててるんだからな」

「これ、一個貰っていい？」

「おお、いいの選ぶじゃねえか」

俺が目の前にあるのを指さすとトールが感心の声を上げる。

「美味いきゅうりの見分け方知ってんのか？」

「深緑色で太さが均一、さらに痛いくらいの棘《とげ》のやつがいいんだよね？　バルトロに少しだけ教えてもらったよ」

「正解。アルはわかってるね」

俺がそう答えるとアスモがしっかりと頷く。

まあ、それくらいは前世でも料理をしていたし知っているさ。ただ、育て方とかになるとほとんどわからないけどね。

とりあえず、二人にもお墨付きを頂いたので早速きゅうりをもぎ取ろうと手を伸ばす。

「あっ、棘が痛い」

しかし、新鮮さ故にきゅうりの棘が尖っていてちょっと痛い。取ろうとしたら手に刺さるな。

「はは、知識はあっても収穫するのは下手《へた》だな。棘のないところを掴んで捻《ね》じるように取ればいいんだよ」

トールに笑いながら言われて試してみるも、棘がたくさんあるので上手いことといかない。

「……トールに似てこのきゅうりは悪ガキだよ。悪戯ばっかりする」

「それ俺だけなく姉ちゃんも育ててるからな？」

エマお姉様が丹精込めて育ててくれたきゅうり。そう思えば、この野菜には通常のものよりも遥かに価値があるように思えるな。

とりあえず、手で取ると棘が刺さって痛いので、俺は手っ取り早く風魔法を使い、小さな刃を飛ばして上部の茎を切断。

「よし、採《と》れた」

「おい、ちょっと待て！　今、なんか切れ味のいい何かが飛んだぞ⁉　魔法を使ったのか⁉　奥にあるきゅうり全部切れたりしてねえだろうな⁉」

俺が風魔法で取ったきゅうりを眺めていると、傍にいたトールが叫び声を上げた。

「風魔法で小さな風の刃を飛ばしただけだよ。他のきゅうりは勿論、葉っぱや茎にも傷はつけてないから」

「ほ、本当だろうな？」

俺が説明するも、トールは不安らしく茎や葉っぱを手で押し退《の》けながら様子を確認している。少しは俺の魔法の制御を信用してほしい。

「とりあえず、板摺《いたずり》して食べようか。これ、塩とまな板。トールの家から持ってきた」

「そうだね。このまま食べると棘で痛そうだし」

アスモが塩の入った小さな壺とまな板を持ってきてくれたので、俺とアスモは早速下処理をすることにする。

塩もまな板もトールの家のものだが、俺はどちらも突っ込まない。この程度のこと、二人の家の間では当たり前だろうしな。

とりあえず、土魔法で丸い桶《おけ》を作り、その中に水魔法で水を入れてきゅうりを軽く洗う。

それが終わると軽く塩を塗り込んで、桶の上にまな板を敷いて板摺をする。

まな板の上できゅうりを両手でコロコロと転がす。

塩を使って板摺をすると、表面が綺麗になって色が鮮やかになる。ゴツゴツとした棘も取れて滑らかになり、傷が付くことで味付けをする際に味が染みやすくなる。さらには青臭さやエグみも取れるのでいいこと尽くしだ。

「おい、これ俺の家のまな板じゃねえか」

「まあまあ、トールの分も板摺しておいたから」

アスモがトールの機嫌を取るように板摺したきゅうりを渡す。するとトールはそれを自然に受け取って「まあ、別にいいけどよ」と言葉を漏らした。

三人分のきゅうりの板摺を終え、水で軽く塩を洗い流すと試食タイムだ。

包丁で切り分けるなんて無粋なことはせずに、そのまま手で持って豪快に噛り付く。

ポキリといい音が口の中で鳴り響き、きゅうりの瑞々しい味が広がる。

「ああ、この食感がいいね」

「きゅうりは切って食うより、こうやってそのまま齧りついた方が美味いし、食った気がするな！」

笑顔で言いながらきゅうりを齧るトール。

離れていてもボリボリときゅうりを噛む音が聞こえてくるのが凄い。

「いい感じに仕上がってるね。ちゃんときゅうりの味もするし」

「ちょっと収穫するのが遅れるとバカみたいにデカくなって、味も薄くなるからな。ここに生っているのも今日、明日くらいには全部採らないとダメだろうな」

ああ、きゅうりは収穫期を過ぎるとズッキーニみたいに大きくなるからな。大きくなると余分に栄養が入ってしまって水っぽくなるので、できれば収穫期に食べた方がいいだろう。

そんなことを考えながら、俺はきゅうりを齧る。

ああ、溢れ出る濃厚な水分。水を飲まなくてもきゅうりを食べているだけで十分に水分補給ができるな。さすがは九十パーセントが水分だと言われる野菜だ。

板摺の際に、塗り込んだ僅かな塩味が効いていて、微妙に味にアクセントが付いているのがまたいい。じんわりと汗をかいている今の身体にとても嬉しいな。

だけど、塩もいいけど味噌と一緒に食べてみたいな。これだけ瑞々しいきゅうりだ。さぞかしカグラの味噌が合うことだろう。

「味噌が欲しいな」

「「……っ!?」」

なんとなく呟くとトールやアスモが驚きの表情を浮かべる。

「アルから味噌を貰ったけど、それは考えたことがなかったな」

「……アル、恐ろしいことを考えるね」

ふふふ、味噌の味を知ってしまった二人なら、きゅうりと味噌の組み合わせがいかに恐ろしいか想像がついてしまうだろう。

「よし、ちょっとトールの家から味噌を……」

「ふざけんな！　お前さっき俺の家からまな板借りただろ！　今度はお前の家から取って来い！」

早速トールの家へと取りに行こうとするアスモの肩を、トールが手で止める。

「まな板と味噌じゃ稀少具合が違うだろ！」

「俺の家に集まる時、何だかんだでフルーツジュース出してやってるだろ！」

「……チッ、わかったよ」

さすがに毎度フルーツジュースを出していると言われると弱いのか、食い意地を張っているアスモが珍しく退《しりぞ》いた。

まあ、毎回果物を用意するトールの苦労もあるだろうしな。食い意地を張っているが故に、その苦労も理解しているということだろう。

アスモが渋々といった様子で家に向かい、味噌を取りに戻る。

するとトールが何故か動き出した。

「いひひ、今のうちに新しいきゅうりを収穫だ。小さな食べかけじゃなく、この大きなきゅうりで根こそぎ味噌を奪ってやるぜ」

「うわぁー、やることが意地汚い」

「いいんだよ。あいつには日頃から家の食い物を食われているからな。ここらでいっちょ仕返しだ。ほら、アルの分も板摺しといたぞ」

悪い笑みを浮かべながら板摺したきゅうりを差し出してくるトール。

まあ、味噌で味わうきゅうりがこの食べかけだけとあっては物足りないしな。

俺は残っているきゅうりを口に放り込んで、トールの差し出した新たなきゅうりを受け取る。

そうやって俺達が悪巧みをしながら待ち構えていると、アスモがこちらに戻ってきた。

しかし、その手には俺が渡した壺ではなく、小さな皿にチョコンと味噌が乗せられたものであった。

「おい、アスモ！　何だよその小皿は！」

「何って味噌を持ってきたんだよ？」

トールが問い詰めるも、アスモはどこかすっとぼけた声で答える。

「味噌を持ってくるならアルに貰った壺をそのまま持ってきたらいいじゃねえか！」

「あー、そうだったね。でも、味噌は味噌だし、これでもいいよね？」

声音《こわね》こそ普通であるが、表情はどこか笑っている。恐らくアスモはトールの思惑を見抜いた上での行動であろう。

こうなることを最初から見抜いた上で最悪の事態を回避し、ここぞというタイミングでフルーツジュースの借りを清算してみせた。何という策士か。

「「…………」」

トールの睨みつける視線と、それを嘲笑うような視線がぶつかり合う。

邪《よこしま》な心はあるものの、裏を返せばそれだけ両家にとって味噌は大事ということだ。そう思えば、渡した俺としても嬉しいものだな。

「まあ、とりあえず食べようよ」

「……チッ、今日はこれくらいで勘弁してやんよ」

俺がたしなめるように言うと、トールが舌打ちをして身を引く。

相変わらずチンピラ言葉が似合う奴だ。

それから俺達は仲よくきゅうりを味噌に付けて、噛り付く。

香ばしい味噌の味が広がるが、瑞々しい水分を含むきゅうりがそれを見事に中和する。その程よい味と言えば何とも言えない美味しさだ。

「うおおっ！　これ本当に合うな！」

「こんなもの家でやったら一瞬で味噌がなくなる……っ！」

トールとアスモもその相性に衝撃を受けたらしく、目の色を変えてきゅうりに味噌を付けて齧り出す。

汗をたくさんかいてしまう夏には、きゅうりの水分と味噌の塩分が優しく身体に染みわたるな。

トマト収穫

I want to enjoy slow Living

「よし、アル。次の場所に行くぞ！」

きゅうりを食べ終わり、次はどのような野菜を頂こうかと物色していると、トールがそのように呼びかけてくる。

「ええ？　トマトとか水ナスとか他にも食べさせてくれるんじゃなかったの？」

これでは屋敷の中庭で言っていたことと話が違うではないか。

きゅうり以外にも夏野菜を食べさせてほしいのだが……。

「ちげえよ。もっと美味しい場所に行くんだよ」

「そうそう」

「……もっと美味しい場所？」

「とりあえず付いて来いよ！」

トールがそう言ってアスモと共に歩き始めるので、俺は首を傾げながら付いていく。

トールとアスモが向かった先は、さっきの畑よりもより村の外側にある場所。

そこにはだだっ広い畑が広がり、そこではトマトやとうもろこし、キャベツ、ピーマン、カボチャなどといった沢山の野菜が育てられていた。
どうやらここでは野菜を大量生産しているらしい。

「ここのトマトとトウモロコシは特に美味いからな。早速収穫するとするか」

「え？　ちょっと待って。ここって違う人の畑だよね？」

普通に畑へと入っていくトールとアスモを制止する俺。

さっきトールとアスモは細々と野菜を育てていると言った。ここにある畑はどう考えても二人の畑ではないだろう。

「何言ってんだアル。コリアット村に住む村人は、皆昔からここに住んでいてな、助け合って生きているんだ」

「苦楽を共にしてきた村人は、言わば家族のようなもの。家族だから食べ物を共有したりするのは当然」

「なるほど、村ならではの文化だね——なんて納得するわけないじゃん。普通に声をかけて分けてもらおうよ」

俺がそのように言うと、トールとアスモは腕を組んで考え込む。

「……なるほど、貴族であるアルがいれば正面から堂々と食べることができるな」

「さすがアル。権力を使って堂々と貰おうなんて……」

「何を勘違いしているか知らないけど、普通にお金を払うつもりだから」

村人がくれるなら貰うが、こちらから押しかけて無料で寄越せと強請《ゆす》ったりはしないさ。

「すいませーん」

「ああ？　って、アルフリート様じゃないですか。こんなところまで、どうしたんです？」

ちょうどトマト畑で収穫している村人がいたので声をかけると、俺に気付いたのかわざわざこちらにやって来てくれる。

「美味しいトマトや水ナスがあるって聞いたから、売ってもらいたいなーと」

「ああ、そうでしたか！　なら、ちょうど収穫したのがあるので自由に持っていっていいですよ」

「やりー！　アルがいるとやっぱり違うな！」

「普段、イグマはケチなのにね」

村人であるイグマが自由に持っていいと言うと、トールとアスモが喜びの声を上げる。

それを見た瞬間、イグマの表情がイラッとしたのが見えた。

「ただし、トールとアスモは金を払え」

「んだよ、それ！　ふざけんなよ！」

「差別はよくない」

「差別じゃなくて区別だ。どうしても食べたいって言うなら収穫を手伝え。そうしたら少し分けてやる」

「「ぶーぶー！」」

「文句があるならどっか行け、クソガキども」

トールとアスモが不満の声を上げるが、イグマは手をシッシと払うような仕草をする。

多分、善良なる子供であれば、特に何も言われることなく一個や二個貰うことができたのだろうな。

このような対応をされるのは、トールとアスモの普段の行いのせいだろうな。

「まあまあ、ここは収穫を手伝って分けてもらおうよ」

「チッ、しゃあねえな」

「じゃあ、パパッと収穫して貰おうか」

「え？　アルフリート様は、こいつらみたいに働いてもらわなくても……」

「いや、俺も収穫してみたいから手伝うよ」

さっき無料で貰うことはあんまりしないみたいな言い方をしたので、ここで俺だけ無料で貰うのも何か情けない。

それに野菜の収穫とかあんまりしたことがないので純粋にやってみたいのだ。屋敷の中庭で家庭菜園をやっているけど、まだまだ収穫までは遠いみたいだし。

「まあ、アルフリート様がいいのなら」

ということで、早速トマトの収穫だ。

俺とトールとアスモはイグマに連れられて、トマト畑へと入る。

するとイグマが屈み、下に実っている赤いトマトを見せる。

「ヘタ際までしっかり赤くなっているものや、ヘタが上に反り返っているものを採ってください。それらは収穫時期なので。後はヘタから簡単に取れるかどうかも完熟具合を示しているので、茎の様子も見てあげてください」

「わかった」

ただ赤くなっているものを収穫すればいいと思っていたが、なかなかに見分けるポイントがあるようだ。俺が感心しながら返事したが、トールとアスモは当然のような表情だ。

「二人は家でも育てているから知ってるんだね」

「当たり前だろ。というか家で育てていなくても知ってるけどな」

「どうして？」

俺が尋ねると、トールの言葉に同意するように頷いていたアスモが口を開く。

「物々交換で少しでも美味い物を手に入れるためだよ」

ああ、そうか。村では物々交換が主流だし、食材を交換する時は少しでも美味しい物を手に入れたくなるよな。

さすがはアスモ。子供とは思えないくらい食に対しての執着があるな。

「後はちょっくら貰う時に一番美味いものを食べるためだな」

そう言って、トールは赤くなっているトマトをもぎ取って食べる。

そのトマトは見事な赤色でヘタもきちんとせり上がっている。数多《あまた》のトマトの中から躊《ちゅう》躇《ちょ》なく選んだ辺りなかなかの審美眼を持っているようだ。

「こら！　収穫してからだって言っただろ！」

「へいへい、わかってるよ。ちゃんと収穫しますって」

イグマに怒られながらも手袋を手にして、歩き出すトール。

まったく、あいつは憎たらしい奴だ。

「じゃあ、そんな感じで収穫をお願いしますね。わからないのがあれば、俺か二人に聞いてください」

「わかった」

そう言って、イグマからハサミと手袋を渡されたので、俺とアスモは早速収穫作業へ。

手袋をはめてハサミを持った俺は、早速目の前にあるトマトの列に歩き出す。

「あっ、アルフリート様。収穫用の籠を忘れてますよ」

おっと、しまった。トマトを採ってやることばかり考えていたせいか、すっかり抜けていた。

俺は無魔法のサイキックで離れた場所にある収穫籠を魔力の支配下に置き、それからゆっくりとこちらへ移動させる。

「わー、便利だな」

サイキックの魔法に馴染みがないせいか、イグマが呆《ほう》けながら感想を言う。

ふふふ、無魔法は便利だろ？　サイキックさえあれば籠を取りに行く必要も、持っている必要もないのだよ。

「アルの魔法って痒《かゆ》いところに手が届く感じだよね」

「褒められてはいるんだろうけど、その表現はちょっと嬉しくないかも」

「とりあえず、アルの近くにいるよ。近くにいれば籠を持たなくていいし」

そう言って、俺の傍にやってくるアスモ。

まあ、経験者がいるのは心強いからいいけどね。

とりあえずは収穫だ。どうやら下に生っているトマトが収穫時期を迎えて赤くなっているようなので、俺は屈みながら注視する。

生い茂る葉っぱをどかして覗き込むと、そこには赤々としているトマトが鈴なりになっていた。

太陽の光を反射して光り輝くトマトはとても綺麗だ。

まずは全体が赤く、ちゃんとヘタ際まで赤くなっているか。それとヘタがせり上がっているかを確かめないとな。

俺はトマトを優しく触って確かめる。

「色よし、ヘタよし。これは収穫してもいいよね？」

「うん、問題ないよ」

後ろにいたアスモに見せて尋ねると問題ないと言われたので、俺はハサミを使ってトマトを茎から切り離す。

「あっ」

「あって何？　もしかして間違ってた？」

切ったタイミングで言われると怖いんだけど。

「いや、切る時はトマトのヘタの先を残さないように切って。そうしないと籠に入れた時とか他のトマトを傷つけちゃうから」

そう言って、アスモが一つのトマトを見せてくる。

それは実のギリギリのところで茎が切られており、茎はほとんど残っていなかった。

確かにこれだけ長いとぶつかった時に、他のトマトに刺さったりするな。

アスモの言っていることを理解した俺は、長く残っていた茎を実のギリギリで落とす。

すると、アスモは鷹揚《おうよう》に頷いて、自分のトマトの収穫作業に戻った。

手早くトマトを見つけ出して、ハサミでぱちりと切っていくアスモ。

俺もドンドンと収穫していかないとな。

トマトを籠の中に置いた俺は、トマトが赤くなっているかひとつひとつ確認して収穫していく。

葉っぱや茎をどけて見つけ出し、収穫の条件を満たしているか見定める作業。

それは単調で、葉っぱをかき分ける度に、赤々としたトマトを見つけるのはちょっぴりワクワクして楽しい。

他人の畑のトマトを収穫するだけでこれなのだ。自分で一から育てたものであると、その時の感動や楽しさは人一倍大きいのだろうな。

今は中庭にある家庭菜園のほとんどをバルトロに任せているが、俺も少しくらい手伝ってあげようかなと思えるな。

　これは大丈夫。これはまだ青い。これは赤い……けどヘタがまだ開いている。見極めながらトマトをハサミで切り取って、浮かしている籠に入れていく。

　これは大丈夫。これも……うん？　結構赤いけどヘタ際がまだ青いな。ヘタの上がり具合だって中途半端だし、どうするべきか。

「うーん」

「どうしたの？」

　俺が唸り声を上げていると、アスモが収穫したトマトを籠に入れながら聞いてくる。

「このトマトはまだ置いておくべきかな？　ヘタは少ししか上がってないし、色がヘタ際まで染まりきってないから」

「うーん、裏側を見せて」

　アスモがそう言うので、俺はトマトをひっくり返す。

「ああ、裏は真っ赤になっているし収穫していいよ」

「いいの？」

「全部が理想通りになれる訳じゃないしね。完璧なものもあれば、中途半端になるものもあるよ。そういうのは裏側を見て赤くなっていたら収穫してあげて」

なるほど、それもそうだな。作物を育てる以上、全てが完璧に実る訳じゃないしな。

「わかった」

アスモの説明に納得した俺は、そのトマトをハサミで切り取る。

それから今まで収穫してきた箇所も念のために戻って、裏側を確認。

すると、二つほど似たようなものがあったので収穫しておいた。

そうやってトマトの収穫を進め、籠を取り換えてしばらく。俺は腰と足に溜まった疲労を感じて思わず立ち上がる。

「ああ、腰と足が痛い」

腰をポンポンと叩きながら、伸びをして足や背中の筋肉をほぐす。

もう少し上に生ってくれているといいのだが、残念ながらトマトが実るのは下の方。屈みながら移動するのは結構腰と足にくるものだ。

「畑仕事の宿命だね。でも、アルが魔法で籠を浮かしてくれているから大分楽だよ。一人で籠を持ちながら移動して屈んで、ってやってるともっと疲れる」

俺の場合はサイキックで常に自分がやりやすい位置に籠を置いているからな。「ははは、情けねえなアルは！　これくらいでへばるなんてよ！」

俺が伸びをしながら呻いているとトールが戻ってきた。

抱えられた籠には赤いトマトが満杯に入れられている。

「トール、もう終わったの？」

「ああ、これだけ広いんだ。一列もやってやりゃ十分だろ」

トールの言う通り、ここの畑は広いしな。俺も全部をやろうとは思えないな。

風魔法で片っ端から切って、サイキックで籠にぶち込んでいいなら数分で終わるだろうが、さすがにトマトの見極めまではできないから不可能だ。

「じゃあ、俺達も早く終わらせないとね」

「俺はもう終わるよ」

「ええっ⁉」

アスモに同意を求めるように言ったが、アスモは遥かに進んでいるよう。

アスモのいる場所は全体の八割地点で、それに比べて俺は五割だ。これは急がないと。

そう決心してトマトを収穫していくけど、俺はアスモのように慣れていないのでその速度は遅い。

そんな俺を見かねたのか、トールが腕をまくって俺の列で屈む。

「しょうがねえな！　俺が手伝ってやるよ！　アルが終わらねえとトマトが食えねえからな！」

「おお、トール。ありがとう」

「バーカ。気持ち悪いこと言うな。ほら、そことそことそこは収穫で、それは放置だ」

俺が礼を言うと、トールは少し照れながらも収穫できるトマトを指示してくれる。

トールが指したトマトは、本当にそのどれもが条件を満たしていいものばかり。それでいて際どいトマトもきちんと判断している。

普段こそ悪ガキでどうしようもない奴だが、ちゃんと仕事はできる奴なんだな。

トールの普段は見られない一面に驚き、感心しながら俺はトマトの収穫を進める。

そして、トールと収穫を進めるとあっという間に籠も満杯になり、俺の担当していた列は終わった。

「よし、これで終わりだね」

「アルフリート様、お疲れ様です。あっちに椅子とテーブルを置いたので休憩にしましょう」

俺が晴々した気持ちで叫ぶと、それを待っていたようにイグマがやって来る。

今すぐに休憩したい気持ちで溢れていたので、俺は迷うことなく頷いた。

トマト畑の端にある平地には木製の椅子とテーブルが置かれている。さらにはテーブルの上には、お皿の上に盛り付けられたトマト、それに水ナスらしきものがある。

「あ！　あれって、トマトと水ナス？」

「はい、アルフリート様がさっき採ったものと、俺が採っておいた水ナスです。ぜひ食べてください」

おお、今から水ナスの収穫もしろと言われるかと思ったが、正直トマト収穫でかなり疲れたのでその配慮はとても嬉しかった。

「おお、気が利くじゃねえか」

「いい仕事をする」

「うるせえ。お前達のためじゃねえよ」

なんてイグマとトールとアスモの会話を聞きながら、俺は席へ。

テーブルの上には、つい先ほど水で軽く洗ったのかトマトと水ナスに水滴がついていた。真っ赤なトマトは勿論のこと、美しい紫紺色をした水ナスもまたいいな。

「じゃあ、早速食べていい？」

「どうぞ」

イグマにそう言われて、俺は自分で収穫したトマトに手を伸ばす。

ずっしりとした重みであり、適度な硬さがある。そのつるりとした皮をひと撫でし、俺は齧り付いた。

自然の恵みから得られたトマトの果汁が口の中いっぱいに広がる。わずかな酸味と甘みを含んで美味しく気持ちがいい。ここで育てているトマトが特別甘い品種だとか育て方に秘密があるとか関係なく、いつも食べているものよりも美味しく感じるのはどうしてだろうか。

「すごく甘いね」

「でしょう？」

俺がポツリと漏らすと、イグマが嬉しそうに言う。

その表情はどこか誇らしげで、短い言葉の中に自信や誇りが感じられた。

「それにいつも食べるものよりも美味しく感じる」

「それはご自分で収穫したからですよ」

やっぱりそうか。自分で苦労して収穫して採ったからか。

「おお、甘いな！　やっぱり、ここのトマトは一味違うな！」

「うちのとは比べ物にならない」

「当たり前だ。手間暇かけてるからな」

収穫だけでこれなら、一から育てた時はもっと美味しいのだろうな。

だが、俺にそこまでする根性があるかどうかだけど。

そんなことを思いながらトマトに噛り付く。

その度に果汁が溢れ出してくるので、すすりながら食べないと果汁が漏れてしまうな。

「これだけ甘いと、トマトって果物でもいいと思えるよね」

「確かに」

アスモの感想に俺はとても共感する。

この甘さは、もはや果物だ。そう言いたい気持ちもとてもよくわかる。だけど野菜という認識が一般的だよね。

「村人でもトマトを果物だって言う奴もいるよな」

「確かにな。俺は野菜だと思っているが、果物だと言い張る奴の気持ちもよくわかる」

「まあ、言いたいことはわかるけど、俺からすれば野菜でも美味ければどっちでもいいけどな」

「おい」

自分で振っておきながら最終的にどうでもいいと斬り捨てるトールに、思わずイグマも真顔で突っ込む。

まあ、それもそうか。そんな細かいことは、美味しい物を食べてしまえばどうでもよくなる。

暑い日差しの中、労働をしたせいか俺達のトマトを食べる手は止まらない。

しかし、あまり食べ過ぎるとお腹を壊してしまうかもしれないので、ふたつで止めておこう。

トールとアスモは気にせず四つ食べていたけど。

「よし、トマトを食ったら次は水ナスだな！」

「水ナス！」

正直、今日の中で一番期待していたものだ。これを食べずして今日は帰ることはできない。

皿の上にあるナスはとてもいい形をしているな。首元も太く、ガクの部分は痛そうなくらいに鋭い棘がある。それに何よりも、このずっしりとした重み。ここにたくさん旨味の詰まった水分が入っているのだろう。

「おっしゃ、食うか！」

俺が観察している間に、トールとアスモは豪快にかぶりついた。

その圧倒的な水分のせいか二人の口の端からは、水ナスの水分が漏れる。

「うおー！　やっぱりここは水ナスが一番美味えな！」

「夏野菜はこれが一番好きかも」

水ナスを食べて歓喜の声を上げるトールとアスモ。

それを見て、俺もつられるように水ナスを口へ。

少し硬めの皮に歯を突き立てて、齧り取る。

すると、ナスの身があっさりと千切れ、中からナスの旨味が混じった水分が流れ出てきた。

さらに柔らかい身を噛めば、さらに旨味を吐き出して喉をするりと通り過ぎていく。夏で食欲がなくてもこれなら食べやすいな。

口の中が水分で満たされて、食べているだけで涼しくなれる。

まさに自然的な涼。そして、

「……これが夏野菜の素晴らしさか」

「色々と調理してあげるのもいいんですけど、夏はこれが一番美味しいんですよね」

俺がしみじみと呟くと、隣にいるイグマが言う。

あー、わかる。色々と使い道を考えるけど、結局はシンプルに食べた方が美味しい時もあるんだよね。

「こういうのを食べていると、自然と身体が涼しくなるよな」

「じゃあ、トールは氷魔法の冷気はいらないね」

「いや、それとこれとは別だ」

俺達はのんびりと夏野菜を食べて涼んだ。

悪しき心

I want to enjoy slow Living

夏野菜を食べて身体の中から涼んだ俺達は、イグマと別れて村にある川へと来ていた。

「よっしゃー！　行くぜ！」

いつの間に服を脱いだのか、トールが勢いよく岸からジャンプして川に入り込んだ。

ドボンと派手な水飛沫《みずしぶき》が上がる。それは岸で立っていた俺のところまで飛んでくるほどだ。

冷たい飛沫が肌にかかり、少しのくすぐったさとひんやりとした冷たさを感じる。

「ぷはぁ！　風や食べ物もいいけど、やっぱり涼むには冷たい川に入るのが一番だな！」

トールが水面から顔を出しながら気持ちよさそうに言う。

いつもは上がっている前髪が水分を吸ったせいか降りており、少し可愛らしくなっている。

こっちの憎らしい顔つきもマシに見える気がする。いつも前髪を下ろしていたらいいのに。俺がそんなことを思っていると、今度は服を脱いだアスモが隣に立つ。

「よーし、次は俺だね」

「ば、バカ！　やめろデブ！　お前みたいなのが飛び込んだら水の衝撃がやべえだろ！」

「俺はデブじゃない！　ぽっちゃりだ！」

トールがそのように叫ぶが、アスモは聞く耳を持たずに助走をつけてジャンプ。

デブ――ぽっちゃり体型とは思えない程の跳躍を見せてアスモが宙へ。やけに長く感じる滞空を経た後に、アスモはトールの近くへと落水。

トールよりも遥かに派手な、まるで水中で何かが爆発したかのような水飛沫が上がる。

それは岸に立っている俺にもかかった。さっきはまばらな雨のようだったが、今回はバケツに入れられた水が降ってきたかのよう。

お陰で俺は川に入る前からずぶ濡れだ。

「ゲホッゲホ、この野郎！　鼻に水が入っただろうが！」

「はははは！　そんなの知らない――くぱっ！」

アスモが高笑いしていたが、そこを狙ってトールが顔面に水をかける。

すると、アスモの鼻に水が入ったのかトールと同じようにむせる。

「ゲホ、ガハッ、何すんだトール！」

「さっきの仕返しだバーカ！」

「こいつめ！　沈めてやる！」

「ははは！　やれるもんなら――おい、ちょっと待って。覆い被さってくるのは卑怯だろうが！　そんなの重くて――」

トールの言葉が途中で発せられなくなって二人の姿が水面から消える。

川に入るなりあんな目に遭うのはこりごりだな。もうちょっと二人が落ち着きを取り戻してから俺は入ることにしよう。

そう決めて、俺は先程イグマさんからもらった夏野菜を水に浮かべる。

それから水流に流されないように石を積み上げて囲いを作る。しばらく様子を見て、野菜が流れないことを確認。

「よし、これで少し待てば水で冷えた夏野菜が食べられるね」

川で遊ぶとはいえ汗はかいてしまう。後の休憩時間に塩でも振りかけて食べるとよさそうだな。

さて、あちらの方は落ち着いたかな?

ふとアスモとトールの方に視線をやると……。

「ま、まい……ガボガボ！」

「んー？　何か言ったかな？　聞こえないよ？」

アスモが全体重をかけてトールにのしかかるというむさ苦しい光景が見えた。

さすがにアスモの重さで抑え込まれれば、二度と復帰することは叶わないだろう。

「アスモ、そろそろ許してあげなよ」

そろそろトールが死んでしまいそうだ。

「しょうがないなぁ」

俺が諭《さと》すとアスモがゆっくりと抑え込みの体勢を解除する。

すると、即座にトールが水面から顔を出す。

「はぁ、はぁ……し、死ぬかと思ったぜ」

水の中にいたトールはきっと走馬燈でも見ただろうな。

とりあえず二人が落ち着いたところで、俺はずぶ濡れになってしまった服を脱いで、傍にある木の枝にかける。

今日は天気もいいいし、遊び終わった頃には乾いているだろう。

川で素っ裸になった俺は、トールやアスモのように飛び込みはせずにゆっくりと水へと入る。足先を包み込む冷たい水の感触。それに身体が驚いて一瞬跳ねるように反応するが、すぐに慣れて心地よいものへ。

そのままゆっくりと足首から太ももへ、そして座りながら上半身も浸かってしまう。

「はぁー、冷たい水が気持ちいい」

「何だか風呂に入る父ちゃんみたいだぜ」

「うん、入り方が完全に風呂だね」

俺が恍惚の表情を浮かべながら水に浸かっていると、トールとアスモがそのようなことを言う。

「いやいや、いきなり冷たい水の中に入ったら身体がびっくりするからね。足先から徐々に慣らすように入らないと」

「「おっさんくさい」」

いや、でも身体を労《いた》わることは大事だと思うけど……七歳にしてそのようなことを考えること自体がおっさんくさいのか。

まあ、いいや。今はこの快適な状況を楽しもう。

相変わらず村の水はとても綺麗で澄んでいる。よく見ると小さな魚が泳いでいた。

これくらいたくさん泳いでいると、手で一匹くらいすくえるのではないだろうか。

そう思った俺は両手を使って小魚の群れの場所に手を入れて、すくいあげる。

すると、俺の手の平の中には三匹の小魚がいた。大きさにして三ミリほどか。それほどまでに小さな魚が手の平に乗っている水の中をちょろちょろと泳いでいる。それがとても可愛らしい。

「小さな魚捕まえた」

「本当か？」

俺が手の平を凝視していると、トールとアスモがこちらを覗き込んでくる。

「ちっけぇ！　そんなのよく捕まえたな！」

「群れのところに手を突っ込んで、すくい上げたら捕れたよ」

「ははっ、俺もやってみるか」

俺がそう言うとトールは楽しそうに笑って、小さな魚の群れを探し始める。

それに倣《なら》ってアスモも同じように探し始めた。

「おい、アスモ。そっちに小さな魚はいるか？」

「俺は食べられない魚に興味はないから、食べられる大きな魚を探すよ」

アスモも小さな魚を探しているかと思いきや、食べられるような魚を探しているらしい。食べられる魚にしか興味がないところがアスモらしいな。

「お、いたぜ！」

俺が苦笑しているとトールが小さな魚の群れを見つけたのか、両手で水をすくい上げる。

「ちくしょう！　逃げやがった！」

「ははは、悪《あ》しき心を持つ者では捕まえることができないんだよ。魚も悪い気配をする人間がわかってよけるんだよ」

「だったらアルが捕まえられんのはおかしいだろうが！」

失礼な。俺は善良な心を持った純粋な子供だ。トールのような醜い心を持つ者と同じにしないでもらいたい。

トールから心ない言葉を言われた俺は、視線を外して流れる水の感触を楽しむ。

あー、この程よい水中の流れが心地よい。無理に身体を押し流すような強さではなく、肌をするりと撫でていくような丁度よさがまた素晴らしい。

水はとても気持ちよく、歩いた時や畑仕事でかいた汗を瞬く間に洗い流してくれる。汗まみれになっていたのが嘘のようだ。

辺りでは絶え間なく水の流れる音が聞こえ、聞いているだけで涼やかな気分になれる。新鮮な夏野菜を食べて、川の水で涼む。田舎だからこそできる涼の取り方だな。

感慨深くそう思っていると、手の平の中でピチピチとした不思議な感触がした。

驚いて視線をやると手の平から水が零《こぼ》れ落ちて、泳いでいた小さな魚が水を求めるように必死に跳ねていた。

おっと、いつの間にか水がなくなっていた模様。小さな魚だし、あまり水のない場所にいさせるのは可哀想だ。

「そら、川にお戻り。今度は捕まるなよ」

慌てて手の平を水に浸してやると、小さな魚はピチピチと跳ねていたのが嘘のようにスイスイと水の中を泳いでいった。

そして小さな魚の群れと合流して彼方へと去ろうとしたところで、トールが獲物の目をしながらやってくる。

「そら！　……ちっ、外れかよ」

トールが群れのところを両手ですくい上げたが、一匹も捕まらなかったようだ。

「ほーら、やっぱり」

「うっせえ、絶対捕まえてやるからな！」

俺からかいの声を飛ばすと、トールがムキになって水面を睨みつける。

そうやって強い気配を出すと、余計に魚も逃げてしまうと思うんだけどな。

「…………」

「アスモどうしたの？」

なんとなく視線をやると、アスモが水面ではなく遠くを見ていた。かなり真剣な表情。

「……あっちに鮎がいる」

「ホントか！　なら、こんなチマチマした魚に構ってる暇はねえ！　鮎を捕まえるぞ！」

トールが勢いよく走り出すと、アスモもそれに続いていく。

元気な悪ガキ共を俺はぼんやりと眺めた。

鮎追い

I want to enjoy slow Living

「トール！　そっちに鮎が行った！」

「わかってる！　任せろ！」

川の中をアスモとトールが必死に走り回る。

アスモが追い立てた鮎が三匹ほどトールの方に向かっていく。それを待ち構えていたトールは腰を落として構え、一気に手を伸ばした。

「うらぁっ！」

「どう？」

「ダメだ逃げられた！」

水面から腕を抜きながら残念そうに言うトール。

手の平には勿論鮎の姿はない。

「ったく、しっかりしてよ。これで何度目？」

「うっせえ、アスモだって何回も失敗してるだろが！」

いがみ合う二人。

もう二人とも何度も鮎を取り逃がしている。捕まえられそうで捕まえられない状況がいら立ちを加速させているのだろう。

「まあまあ、そんなにいがみ合わずに、ここは水に浸かって冷静になろうよ」

「つーか、アルも手伝えよ！　お前だって鮎を食いてえだろ！」

俺が石に腰かけて諭すと、トールが振り返って叫ぶ。

「いや、イグマさんから貰ったトマトとかあるし……」

「……アル、鮎を塩焼きにして食べたら美味しいんだよ？　焼きたてのものを頭から頬ばって、独特な苦みと塩味が汗を流した身体に染み渡る……」

俺は冷やしておいた夏野菜を掲げるも、アスモの具体的な言葉により完全に霧散してしまう。

「……何だよ、その具体的な言い方は。思わず鮎の塩焼きが食べたくなっちゃったじゃないか」

完全に気分が鮎の塩焼きになってしまった。

「でしょ？　だったら、アルもこっちにおいで」

俺はアスモに誘われるままに川へと入る。

もはや今の俺は鮎腹。鮎を食べずして他のものを食べることなどできない。

アスモってば恐ろしい子。やはりアスモもトールの友達。人を悪の道へと引きずり込むのが上手い奴だ。

「で、どうすればいい？」

「三人であそこの夏野菜を冷やしてるところに多くの鮎を追いこもう。そうすれば逃げ場の失った鮎は俺達の方に向かってくる」

「後は一人一匹でも捕まえれば問題ないな」

作戦内容を把握した俺達は真剣な表情で頷き合う。

二人では難しかったかもしれないが、三人となるとそれだけ追いこめる鮎の数が増えるというもの。捕まえられる可能性はグッと上がるはずだ。

「それじゃ、鮎を探すぜ！」

トールの勇ましい言葉に頷くと俺達は鮎を探して川の中に散らばる。

鮎、鮎だ。先程のような小さな魚ではない。身がしっかりとついた大きなもの。俺の鮎。

ずんずんと足を進めていくと、前方に鮎が五匹泳いでいるのを見つけた。

「こっちに五匹いたよー」

「こっちは三匹だ！」

「こっちは六匹！」

俺が声を上げると、トールとアスモも同時に鮎を捕捉した声を上げる。

となると後は追い込み地点に追い立てるだけ。そこは石が積み上がっている天然の罠地帯だから鮎が逃げられないようになっている。

そうなると鮎は逃げ場を求めて俺達の方に自らやってくる。後は誰かがそれを捕まえるだけだ。

俺達は鮎を遠くに逃がさないように慎重に誘導していく。

さすがに全員を連れていくことはできず、一匹だけ遠くに行って四匹になってしまったが十分だろう。

俺達は徐々に包囲を縮めるように罠地点へと追い立てる。俺達の目の前には十匹以上の鮎が悠々と泳いでいる。

無言で包囲の輪を縮めていく。そして包囲が縮まり鮎が逃げられなくなった時、

「今だ！」

逃げ場のなさに慌てた鮎へと俺達は飛びかかった。

伸ばした手や足の脛をぬるりとした何かが通り過ぎていく感触。

ちくしょう、逃がしてしまったようだ。

しかし、俺が捕まえることができなくても問題ないだろう。

パッと見十匹くらいはいたんだ。トールやアスモが一匹ずつ、もしくは二匹同時に捕まえていてもおかしくなんてない。

俺は顔を上げて期待の表情を浮かべながら尋ねる。

「「ダメだった。そっちはどうだ？」」

はにかむような笑顔を浮かべた俺達が見事に固まる。

あ、これ全員が取り逃がしちゃったやつだ。

「ちくしょう何やってんだよ、揃いも揃って逃がしやがって。誰か一人くらい捕ると思っていたのによ！」

見事に俺達の心を代弁してくれるトール。きっとこのような他人を当てにするような思いだったから逃がしてしまったのだろうな。

「ほら、トール、アル。もう一回だよ」

「ああ」

一回失敗したくらいでまったく諦めるつもりはないのか、逃げた鮎を探し始める二人。

俺だって鮎の塩焼きを食べたいのだが、やはり手掴みでは効率が悪い。

こう、魔法でパパッと獲ることができれば……。

「あっ！」

している奴がいたな、エリックの領地で水魔法を使って漁をしているゴリラの双子《ふたご》が！

今まで忘れていた。あれを使えば密集さえしていればすぐに捕まえられるではないか。

「どうしたアル？」

「大きな声を上げると鮎が驚いて逃げちゃうよ」

声を漏らす俺に怪訝《けげん》な声をかけるトールと、注意の声を飛ばしてくるアスモ。

「魔法でもっと簡単に獲れる方法を思いついた、というか思い出した」

「おお！　いつのもの魔法か！　で、何をすればいい？」

「鮎が楽に獲れるなら何でもするよ」

俺がそう言うと、トールとアスモがこちらにやって来て水に濡れることを厭わずに傅《かしず》く。

こいつらのこの潔《いさぎよ》い精神は嫌いではない。

「やることはさっきと同じだよ。鮎をできるだけ追いかけて集めればいいから」

「「わかった！」」

俺が説明するとトールとアスモが真剣な表情で返事をしてから散開。最初から水魔法を同じように使えば恐らくできるが、一か所に固めたところで魔法を使った方が効率がいいしな。

俺もさっきの場所に集めるべく鮎を求めて歩き出す。

さっきの鮎は散り散りになってしまっていたが、透き通る水のお陰で簡単に鮎を見付けることができた。

しかし、距離を開けて泳いでいて誘導するのが面倒だ。さっきの行動で鮎に警戒心を持たれてしまったのかもしれない。

それでも俺は得意の気配を断つ技術で鮎にそっと近付く。

そうすると、逆に鮎が俺に気付かなくなった。それはそれで嬉しいのだがこちらの気配を察知して移動してくれないと困るぞ。

いっそのこと今なら手掴みでも獲れる気がする。でも、それだと一匹や二匹しか獲れないので非効率この上ないな。

俺は自分の気配を少しだけアピールすると、鮎はこちらに気付いたのか驚くように泳いで離れていく。これで三匹は誘導場所に向かったが、残りの二匹がまだ遠い。

ここは水魔法で水流の流れを操作して、それとなく向かわせるか。

俺は離れたところで泳いでいる二匹の鮎の周りに水魔法を発動。水流を意図的に流してやると、鮎はそれに逆らわずに流れに身を任せて誘導場所へと流れる。

そうやって俺が少しずつ五匹の鮎を誘導していると、トールとアスモも同じようにやってきた。

二人が誘導してきた鮎は二匹ずつ。先程のせいで警戒されて集めにくくなったのだろう。しかし、九匹もいれば三人で食べるには十分だ。

トールとアスモが無言でアイコンタクトをしてくるので、俺はこくりと頷いて足を進める。

俺の意図が伝わったのか、トールとアスモはそのままゆっくりと包囲網を縮める。

そして九匹の鮎が大体一か所に集まると、俺はそこら一帯に水魔法を発動。

鮎の群れがいる場所を中心に水球を作成。すると、そこを泳いでいた鮎も巻き込まれるようにしながら水球に囚われた。

「おおー！　すげえ！」

「これならいくらでも捕まえられる！」

九匹の鮎が入った水球を宙に浮かべると、トールとアスモから感嘆の叫びが上がる。

さすがは便利な魔法。さっきの手掴みと比べると難易度も効率も段違いだ。

それにしても水球の中を泳ぎ回る鮎は中々に綺麗だな。魚というのは当然下にある水の中で泳いでいるので、こうして下から見上げて眺めることはまずない。前世のような水族館でも行かない限りお目にかかれない光景だろう。

「それじゃあ、早速食うか！」

「俺とトールは串になる枝を集めてくるよ」

しかし、トールとアスモの中ではもう食い気で一杯のようで、特に眺めることもせずに串になる枝を集めるために走り回った。

俺はそんな二人に苦笑しながら岸へと上がった。

鮎の塩焼き

I want to enjoy slow Living

「串になりそうな枝と燃えそうな枝を集めてきたぜ！」

陸に上がって服を着た後、火魔法で火を浮かべているとトールとアスモが枝を抱えて戻ってきた。

「さすがはアル。早くも火をつけて準備してくれているね」

「勿論だよ。真ん中に燃えそうな枝を置いて」

「わかった」

俺がそう言うと、アスモは乾燥した枝を火球の下に入れていく。

「アル、水球にいる鮎に串入れていっていいか？」

「うん、お願い。水魔法の水球に移し替えたから適度に洗われてるよ」

「わかった」

そう言うと、トールとアスモが水球に手を突っ込んでいく。

「へへっ、もう逃げらんねえぜ！　観念しろ！」

「大人しく塩焼きになれ」

逃げられたことを根に持っていたのか嗜虐的《しぎゃくてき》な笑みを浮かばながら捕まえていく二人。

あんまり鮎を苛《いじ》めるなよな。

トールとアスモを眺めていると、火球の下では枝に火が移ったのか微かに煙が出てきた。

そこに乾燥した葉っぱを寄せながら風魔法で優しく風を送ると、完全に燃え始める。

炎が安定していることを確認した俺は、火魔法を解除。

別に火魔法をずっと浮かべながらでも問題ないが、こっちの方が風情があるので魔法なしで焼いていこうと思う。

「よっしゃ、じゃあ焼いていくか！」

「塩は？」

「もうまぶした」

し、仕事が早い。いざとなったら空間魔法でポケットから塩を出してやろうと思ったが、既にアスモが持参していたようだ。

そうだな。最初に誘う時もトマトに塩をかけて食べたら美味しいとか魔の誘惑をしていたしな。

おっ、トマトで思い出したが夏野菜だ。遊ぶ前に川で冷やしていたから結構冷えているだろう。

俺はテキパキと火の回りに串に刺さった鮎を設置していく二人をしり目に移動。

俺が夏野菜を置いた場所では、水ナスやトマトがプカプカと浮かんでいた。

それを手ですくい上げて肌で温度を計ると、確かに冷たくなっている。

「ああ、早く焼けねえかな。腹が減って死にそうだ」

「同感」

俺が夏野菜を抱えて戻ると、トールとアスモは鮎をじーっと見つめながらだらけていた。

「鮎が焼けるまで野菜を食べようよ。ほら、川で冷やしておいたから」

「今は鮎の気分だけど空腹には勝てねえな」

「うん、俺も貰うよ」

トールとアスモが水ナスとトマトを取ると、俺は適当な大きさの石に腰を下ろす。

おお、いい感じの大きさだ。ちょうど鮎を眺めることができるし、表面の凹凸も少ないのでお尻も痛くない。

とりあえず、俺はトマトをひとつ取って、残りを籠に置いておく。

そしてまずは水分補給代わりに齧り付く。

するとトマトの甘い果汁と果肉が口の中で一気に広がる。

うーん、この程よい甘みと酸味が堪らない。

冷たい水の中にいたとはいえ、結構な時間を過ごしていたので、渇いていた喉が一気に潤う。

さて、次は塩をかけて味わおう。

「アスモ、ちょっと塩かけて」

「ほい」

そう言ってトマトを差し出すと、アスモが小瓶の蓋を開けて、傾ける。

すると、俺のトマトの上にほんのりと塩がかかった。

それをまた同じように齧ると、今度は絶妙な塩味が加わった。トマトの甘みと酸味にこれまた塩分がよく合う。

やはり川の中にいても汗はかいていたのだろう。塩分がとても美味しく感じられる。

これで鮎の塩焼きなんて食べたらどうなるのか想像するだけで堪らない。

アスモと塩をかけながらパクパクとかじりつくと、手の中にあるトマトはあっという間になくなってしまった。

まだ水ナスやトマトが残っているが、何となく食べる気分になれなかったので置いておく。

「「「…………」」」

気が付けば俺やトール、アスモは夏野菜を食べ終わって、火に炙られる鮎をじーっと眺めていた。

積み上げた枝がパチパチと音を立てる中、俺達は鮎が焼けるのを待つ。

「何だか今の俺はアルみたいな目をしている気がするぜ」

「あー、わかる」

確かに鮎を無心で見つめるトールとアスモの目は死んだ魚のようで――と言えば自分に

被害がくるので黙っておく。

しばらく見守っていると、鮎から水分が抜けて茶色い焦げ目がつくとともに、身の焼ける匂いがしてきた。この香ばしい塩の匂いが堪らない。

「そろそろひっくり返そうか」

「そうだね」

鮎の半面が焼けてきたので串の角度を変えて、反対側を炎で焼いていく。その動作の中でも、鮎の焼ける匂いが漂ってくる。

お腹が鳴ったのはアスモかトールか。しかし、それを責めることができないくらいに鮎の塩焼きは破壊力のある香りを漂わせていた。

しっかりと中まで火が通せるように調整し、見守ることしばらく。

じっくりと中まで火を通されたのか、鮎は茶色い焦げ色を全身につけており、実に美味しそうだ。

「おい、これもう焼けただろ！　食おうぜ！」

「そうだね。食べようか」

「うん、問題ない」

食にうるさいアスモが頷いたところで、俺達は目の前の串に刺さっている鮎の塩焼きを取る。

そこからはもう食べるだけ。俺は我慢できないとばかりに早速背中に齧り付く。

カリッと焼けた表面は塩味がとても効いており、口の中であっさりとした白身がほろりと崩れていく。鮎の淡白な白身の甘みと塩味の相性が絶妙。

「……美味しい。やっぱり鮎は塩焼きが一番だね」

あまりの美味しさにホッと息を吐きながら呟く。

「この何とも言えねえ魚の旨味が最高だな！」

「塩味との相性も抜群」

勢いよく齧り付きながらそのような感想を漏らすトールとアスモ。

俺も負けじと今度は頭を齧る。

背中にある柔らかい身と違って、ほとんど身がないせいか少し食感は硬い。しかし、この適度な硬さと内臓の苦みがまたいい。

「この苦みもまたいいよね」

「わかる」

「えー、そうかよ？　俺はこの苦みがちょっと苦手だぜ」

俺の言葉にアスモが同意するように頷いたが、トールは違うよう。

俺とアスモはお互いに顔を見合わせてフッと笑い、可哀想な奴を見るような目でトールを見る。

「おい、何だよ、その可哀想な奴を見る目は？」

「苦みの良さをわからないなんてトールは可哀想だなーって」

「鮎はこの苦みがあるからいいのに」

「うるせえ、苦いものは苦いんだよ！」

俺とアスモがからかうと、トールは鮎に齧り付いて反抗するように頭付近を残した。

あー、美味しいというのに勿体ないな。

まあ、好き嫌いは人それぞれだし、子供のうちは苦みに敏感だから仕方がないか。大人になればきっとトールも苦みのよさに気付く時がくるだろう。

カナヅチ二人

I want to enjoy slow Living

「あー、もっと広いところで思いっきり遊びてえな」

鮎の塩焼きを食べ終わり、足を水に入れて涼んでいると隣でトールが呟いた。

「コリアット村にある川は小さいもんね。あるとしたら湖くらいかな？」

「でも、あんまり深いところは危ないよ？」

アスモの言う通り、湖で遊ぶのは少し危険だ。水深が深いし、浅瀬には水草も生えているし手足が取られる。子供が遊ぶには良くない選択肢だ。

「だあー、ここらにちょうどいい深さの川はないのかよ！　こう深さと石とかそういうのに気を付けなくてもいい広くて安全な場所！」

「そんな都合のいい川あるわけないじゃん」

「ないなら作ろうか」

「「作れるのか⁉」」

俺がそう言った瞬間、トールとアスモが驚いた顔をこちらに向けてくる。

別に見られること事態は構わないのだが、二人揃って振り向かれると絵面的《えづらてき》に苦しいものがあるな。

「俺には魔法があるからね」

土魔法と水魔法を使えば、水深も一定で、障害物もないプールが作れるじゃないか。

思い立った俺は、早速行動に移すべく立ち上がる。

川から適度に離れつつ、木々のない平坦な場所が好ましい。

少し移動すると、草の茂った空き地を見つけた。

「よし、ここにしようか」

ここなら五十メートルのプールを作ってしまっても問題なさそうだ。

場所を選定した俺は手を地面にかざして土魔法を発動。すると地面が一気に陥没していく。

「「おおおおお！　すげえ！」」

これにはトールとアスモも驚きの声を上げる。

「今までのアルの魔法の中で一番派手だぞ！」

「うん、何か魔法っぽい！」

おいおい、俺ってばいつも魔法を使っているじゃないか。と思ったが、こいつらの前ではコップや椅子を作ったり、冷気を振りまいたりと割と地味な魔法ばかり使っていた気がする。

そう言われても仕方ないのかもしれないな。

ちょっと悲しくなりながらも俺は土魔法で掘り下げた地面を長方形にしていく。サイズは二十五メートルのもので十分だろう。

簡易的な土台ができたので俺はプールの中に降りて、地面に手をかざして魔力の圧縮で固めていく。

「あっ、何かいつものアルっぽいな」

「よくわかんないけど地味になった」

「土魔法は、魔力の圧縮でむらなく固めるのが大事なんだよ！」

これだけ大きな物になると魔力の圧縮が大変なのだ。そして、きちんと手を触れてやった方が確実性は上。

そのためにどうしても今の俺の姿は、地面に手をかざして移動するという雑巾がけのような地味なものになっているのだ。

魔法のことがさっぱりわからないトールとアスモには俺の苦労がわからないようで、ヘラヘラと笑っている。

まあ、いいや。地味だなんだと言われようが、俺は俺のやりたいようにやるだけだ。

プールから上がりやすいように手すりと壁に足をかけられる段差を作る。

足のかけやすさを確認しながら上り、飛び込み台を作っておく。

そして念のためにプールの周りの地面も平らにする。

「後は水魔法で水を入れるだけ！」

飛び込み台の上に乗った俺は、水魔法を発動。空中で水を収束させて、一気にプールへと流し込む。

大量の水が勢いよく流れ込み、ドパアと音を立ててプール内で弾ける。

「「おおおお！」」

また地味だとか言われてはちょっと悔しいので派手目にしたのだが、反応は悪くないようだ。

そのまま水を注ぎ続けるとプール内はあっという間に水で満たされた。

しかし、プールの底が土色なので透けてみえる色も茶色だ。前世のプールのように水色ではないために見た目では清涼感が足りない気がする。

「すげえ！　これなら思う存分に遊べるな！」

「石も水草もないし、深さにむらもないしね！」

とはいえ、トールやアスモはそこまで気にならないらしく純粋に喜んでくれている。

それなら作った甲斐もあったというものだ。

「それじゃあ、泳ごうか」

「泳ぐ？」

俺が服を脱ぎながら言うと、トールが怪訝そうな表情で言う。

「うん？　泳ぎたいから広い場所が良かったんじゃないの？」

「あ、ああ、そうだな。じゃあ、泳ぐとするか」

俺がそう尋ねるとバツが悪そうに服を脱ぎ始めるトール。

……こいつ、もしかして泳げないのか？

チラリとアスモを見てみると、アスモはニヤリとした笑みを浮かべていた。

そのあくどい顔は雪合戦で見たものと同じ。

アスモの笑みでこれからやることを理解した俺はゆっくりと頷く。

アスモが頷いて両手を構えると、俺も同じように両手を構える。

それからタイミングを合わせて、上のシャツを脱ごうとしているトールを思いっきり突き飛ばした。

「「そーれ！」」

「うおっ、わあああああっ！」

トールの悲鳴が上がって、それをかき消すように水飛沫が上がる。

それからブクブクと泡が立って、水面からトールの顔が出てくる。

「あばっ！　あばばばっ！　助けてくれ！　俺、泳げねえんだ！」

予想通り、トールは見事にカナヅチなようだ。

バシャバシャと手を動かしながら、トールが悲鳴を上げる。

いつもは強気なトールが、こうもプライドを捨て去って助けを求める様は珍しい。

とはいえ、泳げないトールからすれば、水の中は恐怖以外の何ものでもないだろう。

本当にこいつはどうして広い場所で遊びたいなどと言ったのやら。

「ほら、それに掴まって」

手を伸ばしても届かない位置にいるので、俺は土魔法で作った板をトールのところに放り投げる。

すると、トールはすぐさま板に寄りかかって浮かぶことができた。

「はーはー、ひでえことしやがるぜ」

「広い場所で遊びたいとか言うから、てっきり泳げるもんだと思っていたよ」

「ははは、ないない。ここには深い川もないから、泳げる村人なんてほとんどいないよ」

俺がそう言うと、アスモが笑いながら答えた。

おや？　ということは、アスモも泳げないということでは？

そんな思考がよぎった瞬間、俺は好奇心に突き動かされるようにアスモの後ろに回り込んで、プールへと突き飛ばした。

「どわあっ！　アル、裏切ったな！」

そんな捨て台詞のようなものを叫んで、プールに頭から突っ込むアスモ。圧倒的な重さのせいか大きな水飛沫が上がる。

俺は一度としてアスモと組むといった言葉を言った覚えはないのだが。

「ひ、ひいいいーっ！　助けて！　足がつかない！」

どうやら見事にアスモも泳げないらしい。

さっきはまるで泳げるかのような素振りでトールを突き飛ばしていたのにな。

「板！　板をよこせ！」

「バカ！　やめろって！　お前みたいなデブが無造作に体重をかけると沈むだろうが！　俺の反対側を掴め！」

アスモもトールと同じように板に掴まることによって落ち着くことができたよう。

それから二人はぎこちなく足を動かして、水面を移動してプールサイドにたどり着くことができた。

いつもはバカにしあったりしている二人が、真剣に力を合わせているのを見るのは新鮮だ。それにちょっと面白い。

「おらあ！　覚悟はできてるんだろうなアル！」

「次はお前の番だ！」

俺が二人を見て笑っていると、トールとアスモがこちらにやって来て取り囲んでくる。

道理でスムーズに協力していると思ったら、次に俺を突き飛ばすために結託していたのか。

俺としては魔法で逃げてもいいのだが、それをやってしまうと次に何をされるかわからないし、ずっと背後を警戒しなくてはならなくなる。

別に俺は泳げるのだし、大人しく報復を受けておくか。

とりあえず逃げる素振りだけすると、アスモが素早く前に回り込んで両足を掴んでくる。

「おわっ⁉」

足がすくわれて身体が後ろに倒れると、それを受け止めるようにトールがキャッチして俺の両腕を掴んだ。

こ、こいつらガチだ。無駄な時だけスペックの高い連携技を駆使しやがって。

「へへへっ、俺達が力を合わせて遠くまで飛ばしてやるぜ！」

そしてトールがチンピラのような下卑《げび》た笑みを浮かべると、二人が俺の手と足を掴みながら勢いをつけるように左右に振る。

手足を掴まれている俺はなすすべもなく左右に揺らされて、勢いがついたところで投げ飛ばされた。

「「おらぁ！」」

勢いよく空中に投げ飛ばされた俺。視界では青い空と白い雲が広がっており、遠くでは緑色の山々が見えておりとても綺麗だ。

空中で景色を見ている時間は一瞬のはずであるが、体感的には長く感じられた。

そして、浮遊の時間の終わりを告げるように俺の身体は重力に引っ張られて勢いよく落下する。

トールやアスモが落ちた時よりも大きな水飛沫が上がると共に、俺は水の中に入る。全身を冷たい水が包み込んで気持ちがいい。

だが、高いところから水面に打ち付けられたせいか、お腹の辺りが少し痛い。

水面というのは高いところから落ちて、広い面積で受けてしまうとどうしてこんなにも痛いのか。パッと見、柔らかそうにしているのだからスライムのように衝撃も受け止めてくれたらいいのに。なんてことを割と本気で思う。

お腹の鈍痛を堪えながら、俺はゆっくりと目を開ける。

俺が作ったプールはしっかりと出来ており、水面の底では光の加減でゆらゆらと揺れる影ができていた。外の音は聞こえずとても静かだ。

微かに流れる水の音に耳を傾けながら、俺はじーっと座り込む。

水の中の世界というのはなかなかにいいものだ。ずっとここにいたいとさえ思える。

今度シュノーケルのようなものを作って、ローガンにゴーグルを作ってもらおうか。

「おい、アルが上がってこねえぞ！　大丈夫かよ⁉」

俺がそのような事を考えていると、外からトールのそんな焦った声が聞こえてくる。

どうやら俺がプールにぶち込まれて、全然上がってこないものだから心配しているらしい。

溺れたなどと誤解されては面倒なので、俺は水の世界に浸るのを中止して浮上する。

「ふう」

「お、アルが出てきた！」

俺が空気を吸って顔を出すと、トールとアスモが板を持って慌てて駆け寄っているところだった。

「ははは、俺はトールやアスモと違って泳げるから問題ないよ」

トールとアスモに問題ないことを証明するように平泳ぎを披露する俺。

「んだよ、泳げんのかよ！」

「……心配して損した」

いつもはバカなことばっかりしてるけど、いざという時はちゃんと心配してくれる二人が少し嬉しかった。

「もがくアルにこの板を渡してやるか、やらないかで苛めてやろうと思ったのによ」

「まさか泳げるとは予想外」

前言撤回《てっかい》。こいつらはクズだ。

「というか泳ぎなんてどこで習ったんだよ？」

「カグラに行く際に海でね」

本当は前世の学校で習い、こちらでも感覚として覚えていただけなんだけど、こっちの方が都合がいいや。

「俺にも泳ぎを教えろよ！　俺もすーっと水の中を泳げるようになりたいぜ！」

「俺もー」

「しょうがないな。じゃあ、泳ぎ方を教えてあげるよ」

プールでのんびり

I want to enjoy slow Living

「アル、こんな感じ?」

「うん、そうそう。そんな感じ」

水をかき、器用に蹴って水中を進んでいくアスモ。

俺が見本を見せて数十分と経たないうちに、コツを掴んだようだ。アスモ、意外と運動神経良いんだよね。

それとは反対にもう一人の奴は……。

「うおっ！　沈む！　うべっ、は、鼻に水が……っ！」

数メートルも進まないうちに沈没する始末だった。

「あ、アル！　板をくれ！　溺れる！」

「はいよ」

トールが勝手に溺れそうになっているので俺は板を投げて渡してやる。

すると、トールは何とか手足を使って移動して板へともたれかかった。

「トールは全然泳げるようにならないね。アスモはあんなにスイスイ泳げるのに」

俺が指さす先では、平泳ぎのコツを掴んだアスモがスイスイと泳いでいた。今では犬かきのように、ずっと顔を水面に出せる平泳ぎができるようになった模様。

「何でデブのあいつが浮けて、軽い俺が沈むんだよ」

トールのそんなボヤキを聞きつけたのか、アスモが振り返ってこちらにやってくる。

「泳げるのに重い軽いは関係ない！」

「わああっ！　わーったから板を取り上げようとするな！　俺はまだ泳げねえんだよ！」

確かに体重の差は関係ないことを見事にアスモが証明してくれたな。とはいえ、元々アスモは運動神経がいい方だからとも言えるが。

「ちきしょう、何で俺は沈むんだ」

「手足の動きがバラバラだし、水をかいたり蹴ったりする力が弱いからだよ」

それに空気を吸おうとし過ぎるあまり上体を起こし過ぎている。それでは沈んでしまうのも当然というものだ。

「わかった。もっと強く水をかいて、蹴ったりすればいいんだな！」

俺がアドバイスしてあげると、トールがもう一度潜って平泳ぎを試す。

しかし、手足の動きが相変わらずバラバラで、数メートルも進まないうちにドンドンと息継ぎができなくなって沈んでいった。

まるで泳ぐのが下手なカエルを見ているようだ。

「ちょっ、アル！　助けてくれ！」

そんな風に思いながら遠目に見ていると、トールが助けを求めるようにもがいていた。

しょうがないので俺はサイキックを使って板を渡してやる。

「ぶはっ！　ちょっとしか進めねえ」

「そんなすぐにはできるようにならないよ。コツを掴むまで練習するしかないから」

「まあ、運動神経のいい俺はすぐにできたけどね！」

俺がそんな風にトールを慰めていると、アスモが目の前を悠々と泳ぎ去りながら煽《あお》っていく。

相変わらず憎らしい言葉と表情だな。自分に向けられていない言葉だとわかっていながらも、ちょっとイラッてきてしまった。

「くそっ！　絶対に泳げるようになってやらぁ！」

そう叫んで再び水に潜り始めるトール。

溺れないように補佐するのは必然的に俺になってしまうので、ずっと俺が面倒を見ていなきゃいけないのか。

とりあえず平泳ぎと並行で、立ち泳ぎとかも覚えてもらうか。

◆

根気強くトールの練習に付き合うことしばらく。

「できた！　できたぞアル！　プールの真ん中まで泳げたぞ！」

端から端までとはいかないが、ついにトールは安定してプールの真ん中まで泳げるようになった。

「本当だね。三メートルも進めなかった最初からすれば進歩したものだよ」

「ははっ！　三メートルなんて昔の話はよせよ」

昔の話って小一時間も経っていないんだけど。まあ、多少泳げるようになった身からすれば、全く泳げなくて醜態を晒していた頃は黒歴史のようなものか。

とはいっても、今でもトールの泳ぎはどこかぎこちなく見ていて危なっかしいのだが。まあ、立ち泳ぎや簡単なバタ足もできるようになったので、そう簡単に溺れることはないだろう。後は自分で微調整して習得してもらう他ないな。

「おおっ！　なんかでっけえ水たまりがあるぞ！」

「ふむ、アルフリート様がいることから魔法で作ったんだろう」

トールの指導も終わったことだし、少し休憩しようとすると、川の下流の方からルンバとゲイツがやってきた。

「おーい、アル。何やってんだ？」

「魔法で広い川みたいなのを作って、遊びながら涼んでいたんだ」

「おお、そりゃいいな。こっちの方が石もねえし、広そうだ」

「俺達も入っていいだろうか？」

「うん、いいよ」

俺が頷くとルンバとゲイツがあっという間に服を脱いでいく。

子供ならまだしも、筋骨隆々のおっさんが二人になるとむさ苦しさが何倍にも跳ね上がるな。

「おーし、それじゃあ入るか」

「ああ！」

股間を一切隠すことなく歩み寄ってくる二人。その堂々たる歩みは二人が歴戦の戦士であることを感じさせてしまう。

「……すっげえ。ルンバの奴、化け物かよ」

「あんなの見たことない」

ルンバの股間を見てしまったのか、恐れ戦《おのの》くトールとアスモ。

俺はカグラの時に一緒にお風呂にも入ったので知っている。

あまりマジマジと解説はしたくないが、ルンバは股間もルンバサイズだと言っておこう。

「ぷっ、逆にゲイツのは何だよ。顎みたいにひん曲がってねえか？」

「人の股間と顎を見て笑うな！　失礼だろ！」

トールがバカにしたのを聞いたからかゲイツが、こちらへと飛び込んでくる。

「うわあっ！　顎が飛んできたぞ！　逃げろ！」

顎って酷いな。俺もゲイツの顎をいじることはあるけど、そこまで直接的な言葉は言ったこともない。

とりあえず巻き込まれないように離れると、俺達のいた場所にゲイツが着水する。

あれ？　そう言えばゲイツって泳げるのかな？　ここは普通の川と違って結構深いのだけれど……まあ、冒険者なら泳ぎぐらいマスターして……。

「うおおおおおっ！　な、何だこれは⁉　あばばっ、足がっ！　足がつかんぞ！」

いなかった。水面から顔――いや、顎を出したゲイツがバシャバシャと手足を動かしてもがいている。

「ははは、何だよゲイツのおっさん。元冒険者の癖に泳げねえのかよ！」

小一時間前は泳げなかったというのに自分を棚に上げて、ゲイツを指さして笑うトール。

「ぼ、冒険者だからといって泳げるわけではない！　水の中なんて危険な場所は避けるもんで――あぼぼっ、それより助けてくれ」

「えー？　でも、ゲイツのおっさんってば俺に襲いかかってきたしなー？　助けてやったのに襲われでもしたら身も蓋もねえぜ」

「襲わない！　襲わないから早く！　おぼぼぼぼっ！」

「しょうがねえな！」

ゲイツから襲わないという言葉を引き出させてから、板を渡してやるトール。

お前は鬼だな。

あっ、そうだ。ゲイツはダメだったからルンバも同じように溺れているんじゃ。

「あー、やっぱり水の中は気持ちがいいな」

慌ててルンバの方に振り返ると、目の前では悠々と犬かきをして泳ぐルンバがいた。

「あれ？　ルンバは泳げるの？」

犬かきを泳げると分類してもいいのかは微妙であるが、実際にこうやって沈むことなくルンバは移動できている。

「おお、旅してる時にでっかい川で遊びながら覚えたぜ？　というかカグラでウナギ獲る時も泳いでたじゃねえか」

ルンバにそう言われて俺は思い出す。

そうだった。確か小次郎《こじろう》とスイスイと川を泳ぎながら素手《すで》でウナギを獲っていたな。

「そうだったね。なるほど、色々なところを旅して覚えたんだね」

「まあな。それに川や海に住む魔物の討伐依頼もあったし、泳げねえと面倒だからな」

あれ？　ゲイツはそのような場所を避けるべきみたいに言っていたけど、これはどういうことだ？

ルンバの言葉を聞いた俺達はゲイツへとジトッとした視線を向ける。

「もしかして、ゲイツ。自分がカナヅチであることを隠したいから言い訳した？」

「情っけねえな！」

「ち、違うぞ！　決して言い訳をしたわけじゃない！　そもそも海や川での討伐依頼は、地形や魔物の強さが地上より段違いなんだ！　ルンバのような強さを持った冒険者以外は近付かないし、依頼も受けないから泳げる必要もないんだ！」

アスモとトールに言われて、ゲイツが慌てて弁明する。

「本当なの？　ルンバ？」

「そうだな。水中になるとどうしても俺らは動きづれえから魔物の相手が難しくなるな。銀の風みたいに実力もあってしっかりと連携ができねえと、海や川にいる魔物の討伐は難しい」

俺が尋ねると、プカプカと仰向《あおむ》けに浮かびながらそう述べるルンバ。

見た目はともかく言っていることは真面目っぽい。

「じゃあ、ゲイツのおっさんは弱いから泳げないのか」

「お、泳ぐ必要がなかったから泳げなかっただけだ」

トールの心ない言葉によって、ゲイツが吐血寸前のような表情になる。

「やめてあげなよトール。化け物のようなルンバと比べたら、ゲイツが可哀想だよ」

「それはお前もだからな？　魔法使い泣かせめ」

俺がゲイツをフォローすると、何故かルンバから不服そうな声が飛んできた。

俺は別に魔法使いを泣かせたことなどないのだが？

まあ、いいや。今はそんなことよりもプールを楽しもう。

ルンバの浮かんでいる姿を見ていると、俺もそれをやりたくなった。

俺は立ち泳ぎをやめて、力を抜いて後ろに倒れる。

両手足をバンザイするかのように広げると、ふーっと仰向けで浮かぶことができた。

水の力に逆らわずに、ただただ水の流れに身を任せるのが心地よい。

どこに力が入るでもなく、疲れを感じないのが最高だ。全身も水に包まれていて気持ちいいし。

澄み渡る青空と白い雲を眺めながら、俺はプカプカと水の上で浮かぶ。

「どわあっ！　びっくりさせんなよアル！　水死体があるかと思ったじゃねえか」

「水死体って酷いな」

「いや、でも、死んだような目をしながら浮いているのは、隣で見ててもちょっと怖かったぞ」

俺が突っ込むも、隣で浮かんでいるルンバまでもがそのようなことを言う。

トールはともかく、ルンバは見たままのことをそのまま言うので、それが事実であると理解してしまうので悲しい。

そんなに水死体っぽかったのか。

「でも、なんか気持ちよさそうだな！　俺もやってみるか！」

「俺も」

「……浮くだけだったら俺にもできるかもしれん」

そう言って、俺とルンバの真似をしだすトールとアスモとゲイツ。

「おー、これ気持ちがいいね」

「おわっ、ちょっ、何でだ！　沈むぞ！　というかゲイツのおっさん、気持ち悪いから俺に引っ付くなよ！」

「仕方がないだろう。何かに捕まらないと溺れるのだから」

ゲイツにぴったり寄り添われるトールと、見事に浮かぶアスモ。

「何でこんな腹出してる奴が浮けて、俺達が沈むんだ」

アスモの膨らんだ白いお腹を憎々しげに叩きながらボヤくトール。

実はそこに空気の塊が入っていて、浮力があるのかもしれないな。

「両手足を広げて、少しお腹を突き出すと浮きやすいよ」

「本当かよ」

俺がそうアドバイスすると、トールとそれにもたれかかっていたゲイツが試しだす。

両手足を広げてふわりと浮上するトールとゲイツ。

「おお、浮いたぜ！　これは泳ぐ必要もねえから楽だな！」

「まるで水のベッドで寝ているようだ」

どうやら無事に浮くことができたようだ。

「あー、気持ちいい」

「だな」

広いプールの中で特に泳ぐことなく、ただ浮かぶ。それがいい。

流れる白い雲を眺め、冷たい水に包まれながらゆっくりとした時間を過ごす。

氷魔法を毎日使わなくても、こういった自然な涼の取り方もある。久し振りにそのことを実感できた気がする。

「自然な涼も悪くないね」

甘やかすとダメな奴

I want to enjoy slow Living

ひと際暑い夏の日。

これまでは川に行ったり、魔法で涼しくしていたのだが、今日は風もなく気温もバカみたいに高いので、氷魔法で冷気を振りまいて部屋で引きこもることにした。

そして、俺がそんな快適な生活をしていると知ってか、俺の部屋にはシルヴィオ兄さん、エリノラ姉さんが甚平《じんべい》姿で押しかけてきている。

シルヴィオ兄さんはスライムクッションをお尻に敷いて本を読み、エリノラ姉さんは俺のベッドを勝手に占領して、スライムクッションが気になるのか感触を確かめている模様。

ちなみにシルヴィオ兄さんの甚平は紺色で、エリノラ姉さんは黒色の男性用だ。

嬉しいことなのか悲しいことなのか、エリノラ姉さんは身体の起伏が乏しいので見事に着こなしてしまっているな。

カグラ文化に詳しい人もここら辺にはおらず、エリノラ姉さんは女性用のものだと信じているようだ。真実を知ったら間違いなく怒られる事案であるが、そんな日は来ないだろうな。トリーとルンバに口止めをしてあるし。

「何よ？　じろじろ見て」

俺がそんなことを思いながら眺めていたせいか、エリノラ姉さんが視線に気付いて振り返る。

その甚平、男物なんですよ。何てことが言えるはずもない。

「……いや、甚平が似合ってるなーって」

「そ、そう？　まあ、これは涼しいし、動きやすいからあたしも気に入ってるわ」

適当に濁しておくと、エリノラ姉さんが嬉しそうに言う。

とりあえず喜んでもらえたようで何よりだ。まあ、エリノラ姉さんの性格からして、楽で涼しくて動きやすい甚平は絶対に気に入ると思ったからね。

「二人が甚平を着ているし、せっかくだから俺も着替えよう」

俺だけ普通の服を着ているのもなんだか居心地が悪い。

それに今日みたいな暑い日だと甚平の方が過ごしやすそうだしな。

クローゼットを開けた俺は、ハンガーにかけてある灰色の甚平を取り、引き出しからズボンを取り出して着替える。

男の着替えなどすぐに済むもの。できるだけ見苦しいものを見せないように、配慮したスピードで俺は甚平に着替えた。

さて俺はどうするか。

エリノラ姉さんがベッドにいるせいでベッドに寝転がるという選択肢はなくなった。

ここは大人しくカーペットの上に寝転がって本を読むことにするか。

エリノラ姉さんが俺のスライムクッションを使うということは予想できたこと。事前にこんなこともあろうかと俺の部屋にはいくつものスライムクッションを常備している。

お陰で俺の分のスライムクッションもちゃんとある。

数は増えようと餌は何でもいいので管理も楽。大して苦にもならない。凶暴性もないし手間もかからないので、スライムはペットにするのに最適だな。

スライムクッションを氷魔法で少し冷やし好みの硬さにすると、それを枕代わりにして仰向けに寝転がる。

それから読みかけのドラゴンスレイヤーの本をサイキックで引き寄せて、目の前でページを開かせて文を追っていく。

仰向けで見ているせいか少し暗いが、これなら手で本を支える必要もないので腕も疲れない。素晴らしい方法だ。

そんな俺の姿に気付いたのだろう。シルヴィオ兄さんが興奮した声を上げる。

「わっ、凄い。いつもの無魔法？　それなら手も疲れないね」

「でしょ？　ページをめくる必要もないし、本を落とす心配もないよ」

ページをめくるための動きも必要ないから、集中力も阻害されない。そして仰向けで読む時に起きがちな、本を落としてしまって顔面を強打という悲劇も起こらないので安心だ。

「……相変わらずアルは、魔法を変なことに使っているわね」

俺がそのような利点を述べるも、エリノラ姉さんには呆れた表情をする。

本を読むことを好まないエリノラ姉さんからすれば、このような画期的な魔法運用でも下らなく思えてしまうようだ。

静かに本を読むのは楽しいことなのに勿体ないな。

「でも、確かに便利そうだけど、僕はページをめくる感覚も好きだからね……」

そう言いながら自分の読んでいる本を優しく撫でるシルヴィオ兄さん。

根っから本好きなシルヴィオ兄さんからすれば、本を読む時の重みや紙の匂い、ページをめくる動作や紙の擦れる音も読書の中の楽しみのひとつなのだろう。

シルヴィオ兄さんは、本当に本が好きだな。

それからしばらくは、俺とシルヴィオ兄さんがそれぞれの本の世界に入り、エリノラ姉さんがゴロゴロするだけというのんびりとした時間。

部屋の中では俺達の呼吸の音や、ページがめくれる音。エリノラ姉さんがスライムを触りながら身じろぎするような音だけが静かに響く。

「はわー、冷たくて気持ちがいいです」

とても静かな時間だと思いきや、扉の方から少しくぐもった声が聞こえてくる。

……この声はミーナ。

エリノラ姉さんとシルヴィオ兄さんも気付いて、扉の方に視線をやったが特に害がないとわかると視線を切った。

しかし、扉が軋《きし》む音が鳴り、再び俺達は扉を見る。

「やはりアルフリート様の部屋から漏れ出る冷気は最高ですね」

ミーナってば、俺の部屋から漏れ出る冷気を堪能するために、扉に張り付いているのか。

道理でさっきから扉がキシキシ鳴ると思ったよ。お前は猫か。

「なんか気になるんだけど」

「まあ、静かにしているなら休憩として入れてあげてもいいかな。今日は暑いし」

今日は特別暑い。長袖にロングスカートのメイド服を身に纏っていては、その暑さも倍増というもの。いくら駄メイドのミーナとはいえ、少しくらい労ってあげてもいいだろう。

それに扉に張り付かれても無駄に気になるし。

俺は寝転んだままの状態で無魔法のサイキックを使い、ドアノブを動かして、扉を引く。

「きゃああっ！　扉が——ふべっ！」

すると、扉に寄りかかっていたらしいミーナが顔から倒れ込んだ。

「痛いです！　酷いです！　鼻を打ちました！」

涙目になって鼻を押さえながら言うミーナ。

「あっ、ごめん。部屋で涼んでもいいから許して」

「本当ですか⁉　では、遠慮なくお邪魔します！」

俺がそう言うと、鼻を打ったことなど忘れたかのように元気になるミーナ。

こいつ、鼻を打った時から、それを盾に部屋に押し入ろうと考えていた気がするな。

「ああ、さすがはアルフリート様の部屋です。冷気が満ちていてとっても涼しいです」

「今日はいつにも増して暑いもんね」

「暑いなんてものじゃないですよ！　ここに比べると外は地獄です！　だというのに、サーラやメルさんは私に村へおつかいに行かせたり、庭掃除をさせたりと鬼です！」

わっと泣き崩れるようにしながらまくしたてるミーナ。

「えっ、でも、それってミーナが――」

「エリノラ姉さん、それは今言わなくていいんだよ」

無粋《ぶすい》なことを言おうとしているエリノラ姉さんを俺は止める。

俺達は知っている。ミーナに割り振られた仕事がサーラやメルによる陰湿な嫌がらせなどではなく、ミーナの寝坊によってスケジュールが遅れた罰だということを。

そもそも暑いからといって仕事がなくなるわけではない。暑くてもお腹は空くし、ご飯を食べると材料もなくなる。結果的に誰かは外に買い出しに行かなければならないのだ。

しかし、ここは心と身体を癒す天国。そのような指摘をしてあげる必要はない。

「大変だったねミーナ。お疲れ様。今はこの涼しい部屋で存分に休むといいよ」

「ああ、アルフリート様の優しい言葉が心に染みます！」

そう、ここにはダメ出しなど存在しない。肯定と労《ねぎら》いの言葉で十分だ。

それが当たり前だとわかっていても、褒めてもらいたい時はある。

社畜時代を経験した俺にはよーく気持ちがわかるよ。

「さあ、冷たいスライムクッションがあるよ。存分に堪能するといい」

「ありがとうございます。でも、私的にはもうちょっと柔らかい感じがいいです！」

ああ、この図太い感じはいかにもミーナだな。

そんなことを思いながら、仕方なく火魔法でスライムクッションの柔らかさを調節し、渡してあげる。

「ああ、この適度な柔らかさと弾力がたまりません！　あ、あとアルフリート様、室内の空気をもう少し涼しくしてくれると嬉しいです。私、メイド服を着ているので暑いんです」

……こいつは甘やかすとどこまでもダメになる人種だな。

カーペットに寝転がる駄メイドを見て、俺はそう確信するのであった。

涼しい部屋で鍋を①

I want to enjoy slow Living

「くちゅん！」

「へくしょん！」

冷気に満たされた室内でダラダラと過ごしていると、シルヴィオ兄さんとエリノラ姉さんがくしゃみを漏らした。

敢えて言っておくが、シルヴィオ兄さんが可愛らしい方で、エリノラ姉さんは豪快な方だ。

おかしいな。普通は逆だと思うのだが。

「大丈夫？　ちょっと寒い？」

「そうだね。僕としてはもうちょっと気温を上げてくれると嬉しいかな」

「確かにちょっと寒いわね」

「段々と冷えてきました」

シルヴィオ兄さん、エリノラ姉さんだけでなくミーナも寒いという。

「寒がりのシルヴィオ兄さんはともかく、エリノラ姉さんとミーナまで寒いって言うとは……」

「いや、涼しさにも限度があるわよ。これじゃあ涼しいを越えて寒いわ」

「逆にアルフリート様は平気なのですか？」

ミーナに改めて言われて、俺は自分の身体に意識を向ける。

……別にこれといって寒いなんてことはないな。肌が冷えているとか、鳥肌が立っているとかそういうことも一切ない。

「うーん、別に何ともないよ？　むしろ、ちょうどいいくらい」

「えー、あんたの身体おかしいわよ。冷蔵庫みたいな部屋に一日籠っているから身体がおかしくなってるんじゃない？」

冷蔵庫みたいな部屋は言い過ぎだと思う。

けれど、たしかに俺は知らない間に順応して他人より温度に鈍感になっているのかもしれない。

「寒いから部屋の温度を上げて」

寒いならば出ていけと言いたいが、居座る三人とも外の暑い世界に出ていくつもりはないようだ。屋敷内に一応氷は配置しているんだけどな。

俺以外が寒いと言うのならば仕方がない。ここは部屋の空気を少し上げて……いや、ちょっと待て。部屋の温度はそのままに皆の体温を上げればいいのではないか？

冷気で満たしながら温かい布団に包まって寝るのはとても気持ちがいい。さすがに皆で布団を被るのは無理だし、文句を言われる。

となると、やることは決まっている。

「部屋の温度を上げるんじゃなくて、皆の体温を上げよう」

「あら、アルにしては殊勝《しゅしょう》な態度じゃない。それじゃあ、外で稽古をして身体を温めましょうか」

「バカじゃないの？」

「バカとは何よ！」

「こんなクソ暑い中、外で稽古なんてしたら死んじゃうよ」

ただでさえ、暑いのだ。そんな中で激しい運動なんて危険だ。

「じゃあ、体温を上げるって何するのよ？」

「鍋を食べよう」

「お鍋ですか！」

俺がきっぱりと告げると、食い意地が一番張っている駄メイドことミーナが食い付いてきた。その瞳は既に期待と好奇心で輝いている。

「どうして鍋なんだい？」

しかし、シルヴィオ兄さんにはこの状況と鍋が上手く結びつかないらしく、疑問の声を上げる。

「寒い冬なんかは温かいスープ料理を食べると身体が温まるでしょ？　それと同じ状況を

ここで再現するんだよ」

「ま、まさか、氷魔法で部屋を冷やしながら、温かい鍋料理を食べると言うんですか⁉」

「そういうこと！」

さすがはミーナ、理解が早い。

ある意味、屋敷の住人の中で一番思考が柔軟だと言えるだろう。

「な、なんて贅沢な！」

「え、ええ？　魔法で温度を調節すればいいだけなんじゃ……」

「それだとつまらないし、面白くもない。どうせならこの状況を楽しみたいじゃん」

シルヴィオ兄さんが無粋なことを言い出すので却下《きゃっか》。

今は遥か遠くにある冬の鍋。それを夏に再現するからこそ価値があり、贅沢なのだ。

こんなの氷魔法使いがいないとできない貴重な体験なんだぞ？

「確かに寒い中で食べる鍋は美味しかったわね。もうすぐお昼になるし、そうしましょうか！」

「賛成です！」

「ま、まあ、身体が温まるならそれでいいかな？」

最も権力が高いエリノラ姉さんが鍋料理を食べたいと言い出した時点で勝負は決まりだ。

俺達は満場一致で鍋を食べることになった。

「ということでミーナ、厨房でパパッと鍋を作ってきて」

「「お願い」」

「そうなると思っていましたよ！」

メイドが一人いる以上、どうしてもこうなってしまう。

心と身体を癒す快適な場所？　それ以前に主《あるじ》とメイドだからね！

「で、具材はどんなものにすれば？」

食が絡んでいるからかミーナはさほど文句を言うこともなく、立ち上がる。

「エリノラ姉さんとシルヴィオ兄さんは何食べたい？」

「僕は魚かな」

「あたしは肉」

正反対じゃないか。なら、肉と魚両方を入れてしまうか。

別に二人は両方入れたからといって文句を言うタイプでもないし。

「じゃあ、魚はタラみたいな白身魚で肉は鶏肉で。後は適当に昆布で出汁をとって最後に味噌を溶かすでいいかな？」

「えっと、具がいっぱい入っている味噌汁みたいな感じかな？」

首を傾げながら言うシルヴィオ兄さん。例えがちょっと可愛らしい。

「簡単に言うとそうだね」

「あたしは別にそれでいいわ。アルが言うんだし、不味《まず》くならないでしょ」

「うん、僕もそれでいいよ」

味噌汁を食べて美味しさを知っているからか、味噌鍋には特に反対意見も出ない模様。

「え、えっと鍋料理と味噌汁は作ったことがあるので問題ないんですが。タラっていうのはどんな魚です？　バルトロさんに聞いたらわかりますか？」

「鍋料理に使えそうな海の魚って言ったらわかるよ」

何となくミーナがついてきて欲しそうにしているが、今は厨房まで降りて準備をする気分ではない。別に食材を切って鍋に入れるだけの料理だし、俺が教えながら準備をする必要もないだろう。

シルフォード家のメモ書きを貰ってバルトロが勉強しているみたいだし、タラとか白身魚の区別くらいつくはずだ。

「わかりました。それでは準備してきます！」

◆

「あっ、ミーナがきたわね」

「本当だね」

ミーナが厨房に降りてしばらく。俺がミーナの気配を察知するより数秒早くエリノラ姉さんが反応した。

「ええ？　他にも人はいるのにどうしてミーナって断定できるの？」

「どうしてってミーナの気配だからに決まってるじゃない」

シルヴィオ兄さんの疑問に当然のように答えるエリノラ姉さん。

でも、それはあまりにも感覚的過ぎやしないだろうか。感覚派ではなく、理論派のシルヴィオ兄さんは首を傾げちゃっているよ。

「まあ、足音の癖かな？　人によって歩く時の歩幅やリズムが違うから、それで区別がつくんだよ」

「そ、そうなんだ。でも、姉さんはともかく、普通の生活で足音を聞き分ける必要ってあるの？」

あるんですよ。特にうちでは一秒でも早く相手を察知することが重要だったりする。毎度稽古に連れ出そうとするエリノラ姉さんしかり、小言《こごと》や雑事をさせようとするエルナ母さん、王都に連れていこうとするノルド父さんから逃げることは必須の技能である。

俺がしみじみと思っていると、ミーナの気配が扉の前までやってきた。

「お待たせしました。お鍋を持ってきました！　すいませんが両手が塞がっているので扉を――わっ、扉が勝手に開いて、ありがとうございます！」

鍋で両手が塞がっていることは想像できたので、俺はサイキックで扉を開けてあげる。

すると、大きな鍋を持ったミーナが部屋に入ってきた。

俺は部屋の端っこにある丸テーブルを引っ張り出して部屋の中央に置き、その上にミーナが鍋敷きを敷いて鍋を置く。

「中の具材はどんなものかしら？」

するとせっかちな食いしん坊さんが早速蓋を開けた。

鍋の中にはニンジン、ジャガイモ、長ネギ、シメジ、白菜といった野菜が敷き詰められており、その上にはタラの切り身や鶏肉が浮かんでいる。

既にある程度煮込んでいたのか、昆布出汁や、タラと鶏から出た旨味の匂いが広がっていた。

「優しい香りだね。味噌を入れなくても美味しそうだね」

「いいえ、ここに味噌を入れた方が絶対に美味しいわよ」

「味噌を入れるだけで香ばしさが爆発ですね！」

シルヴィオ兄さんはどちらかというと薄味が好きだから、このままの方が好きなのかもしれないね。今度鍋をやる時は昆布出汁だけの鍋にしようと思う。

「では、私は残りの食器を取ってきますので、アルフリート様はこの味噌を溶かしながら魔法で煮込んでくださいね！」

「わかったよ」

二階にワゴンを持ち込むのは難しいから、ミーナ一人だとどうしても往復するハメになるな。まあ、その代わりちゃんと美味しい味噌鍋を作っておくので許してもらおう。

ミーナが部屋から出ていくのを見送った俺は、サイキックで鍋を浮かしてその下に火球を浮かべる。

後は待機だな。昆布も取り除かれていることから一度沸騰はさせたのだろう。適当に三分くらい煮込んで味噌を溶かしてあげればいい。

「……鍋が宙に浮いて、火にかけられているって不思議な光景だね」

「そうかしら？　あたしはもう見慣れた気がするわ」

これこそが便利で正しい魔法の運用方法だ。カセットコンロや魔導具などなくても、魔法さえ使えればどこでも鍋ができる。とても素晴らしいな。

しばらく三人で鍋を見上げながら待っていると、鍋の穴から蒸気が噴き出してくる。

それを頃合いと見た俺は、サイキックで鍋の蓋を開けて、そこに味噌を投入。

ゆっくりと溶かし込みながら煮ていくと、味噌の香ばしい匂いで部屋が満たされた。

もはや冷気など吹き飛ばされるほどの威力。

エリノラ姉さんや、シルヴィオ兄さんもこれには前傾姿勢だ。

さて、もう食べごろだ。後はミーナが食器類を持ってくれれば……。

「ああ、凄いです。味噌の香りが廊下にまで漏れていましたよ。ここまで来るのに何度お腹が鳴ったことでしょう」

そう思っていると、ちょうどいいタイミングでミーナが戻ってきた。

ミーナは素早く部屋に入ってくると、人数分の茶碗やフォークを手早くテーブルの上に載せる。

「それじゃあ、取り分けて」

「任せてください！」

「肉多めに入れてよね」

「僕は魚で」

「はいはい！」

エリノラ姉さん、シルヴィオ兄さんそれぞれの要望に応える形で注いでいくミーナ。

せっかくだから俺も注文をつけておこう。

「じゃあ、俺は長ネギ多めで」

「長ネギとは渋いですね！」

甘い長ネギに染み込んだ出汁と味噌の味が一番美味しいんじゃないか。それを渋いと言うとは、ミーナもまだまだだね。

ミーナに俺の分を注いでもらい、最後にミーナが自分の分を入れて準備が揃う。

「それじゃあ、食べましょうか！」

すると、エリノラ姉さんがそう言うなり食べ始めた。

全員が揃うまで待ってくれていたが、一刻も早く食べたかったらしい。

とはいえ、俺も気持ちは同じなので早速茶碗に口をつけてスープを飲む。

昆布出汁と味噌の優しい味が広がり、その中に染み込んだタラ、鶏肉、野菜の旨味が感じられる。優しくもしっかりとした味だ。

「はぁー、美味しい」

ホッと息を吐くように言葉が漏れる。

心の底からそう思ったせいか、何だか声がいつもよりも渋かった気がする。

「スープを飲んでいると身体が温まるね」

「ええ、これでちょうどいい感じだわ」

「夏なのに涼しいところで温かいものを食べるなんて贅沢ですね。ちょっと外で働いている人に悪い気がします」

ため息を吐くように感想を漏らす三人。

ふふふ、夏であるというのに氷魔法で部屋を冷たくして、温かい鍋を頂くっていうのがちょっとした背徳感であり、より味を高めてくれるスパイスなのだよ。

部屋の冷気の冷たさを感じながら、温かい味噌のスープを飲む。

すると、じんわりとスープの味がより繊細にわかり、身体の中でじんわりと温かいものが広がっていくのが感じられるのだ。

この飲めばホッとする感覚は冬でしか味わえないもの。それを魔法の力で再現して、美味しく戴くとはまさしくミーナの言う通り贅沢だな。

「まだあるわよね？」

俺がスープを飲んでホッと一息ついていると、エリノラ姉さんが身を乗り出して鍋を覗き込んだ。

ふと、エリノラ姉さんの茶碗を見てみれば、既に中身は空っぽ。綺麗にすべて平らげられていた。

エリノラ姉さん、食べるの早いな。

ご機嫌そうにお代わりをよそうエリノラ姉さんをしり目に、俺もスープだけでなく具材を食べ進める。

今度は長ネギだ。斜め切りにされた大きな白いネギ。味噌のスープを吸っているせいかほのかに茶色く染まり、少し重くなっている。

これは味が染み込んでいそうだ。期待しながら少し息を吹きかけて口の中へ放り込む。

「熱っ！　はふっ、はふっ」

十分に冷《さ》ましたつもりだったが、ネギの内部に染み込んだスープが予想以上に熱かった。

俺は口の中でネギを転がしながら何とか熱を逃がして呑み込んだ。

ああ、熱さのせいであんまり味がわかんなかった。

「ふふふっ、アルフリート様ってば慌てん坊さんですね。私のように十分に冷まして食べれば——熱っ！　ヤバいです！　思っていたよりもじゃがいもの中が熱い……っ！」

人のことを全然バカにできないじゃないか。

ジャガイモもネギの染み込んだ出汁に負けず劣らず、中がホクホクで熱がこもりやすいからな。

涙目になりながら口をパクパクと開けて熱気を逃がしているミーナ。それでもやはり口の中で広がる熱さがキツいのか、水を求めるように手をバタバタと動かしている。

その熱さを何度も経験している俺は、土魔法でコップを作り、そこに水魔法で水を注いであげる。

「はい、水」

「っ!」

俺が水を渡してあげると、ミーナが掻っ攫うように取ってごくごくと水でじゃがいもを胃袋に収めた。

「はぁー……ありがとうございますアルフリート様。死ぬかと思いました」

「ミーナは猫舌だから慌てん坊したらダメだよ?」

「はい、もっともで……」

これには言い返す言葉もないからか素直に返事をするミーナ。

とりあえず同じような被害を起こさないようにミーナのコップに水を入れてやり、自分を含めた他の三人にも水を用意しておく。

これでまた悲劇が起きようとも問題ないな。

俺は念入りにネギを冷まして、今度こそ口の中へと入れる。

ネギを噛み締めるととろりとした甘み、よく染み込んだ出汁と味噌の味が濃厚なまでに吐き出される。

「ああ、スープがよく染み込んでいて美味しい」

それに何よりネギ本来の甘みが違う。もはや出汁さえなくても煮込めば十分に食べられるほどの甘さだ。さすがはコリアット村で育てた野菜だな。

柔らかくなりながらも、この適度な歯応えがあるのもまたいい。シャキシャキとした食感が堪らない。

「野菜の甘みと出汁と味噌の味が絶妙に合っているね」

「ですねー」

味噌鍋の美味しさと温かさにほんわかしている俺達。

「あれ？　肉はどこよ？」

エリノラ姉さんがまたもやお代わりして、お玉で鍋を探っている。

「ちょっとエリノラ姉さん、肉ばっかり食べ過ぎ。野菜や魚も食べなよ」

「野菜よりもあたしは肉が食べたいわ」

清々しいまでに子供のようなことを言い放つエリノラ姉さん。

普段ならば、皆でもうちょっと野菜を食べろと叱りつけるところであるが、美味しい鍋料理を食べて和《なご》んでいるせいかそんな気さえ起きない。

同じ釜の飯を食べた者同士。という表現があるのも納得だな。鍋料理は皆の心を優しくしてくれる。

つまり鍋料理を食べれば、トールやアスモだって穏やかで優しい気持ちになれるかも――いや、既に心が汚れ過ぎている奴には無理か。

◆

「はぁー、美味しかったです」

「部屋が涼しかったお陰か、冬みたいに温かい鍋が美味しかったわね」

「うん、お陰で身体も温まったよ」

鍋を食べ終わり、身体が温まったお陰か皆がホッとしたように言葉を漏らす。

お腹も適度に満たされ、皆満足げだ。

しかし、鍋はまだ終わっていない。

「さて、最後のシメにしようか」

「そうですね！　具材の旨味が染み込んだ味噌のスープとご飯の相性は抜群に決まってます！」

冬にも鍋料理をしており、その時にシメとしてご飯を入れて食べたので、ここからが本番だと皆理解している。

「では、私がご飯を貰ってきますね」

「しかし、ミーナは食べられませんよ」

ミーナが鍋を抱えて部屋を出ようとすると、そこには同じくメイドのサーラが待ち構えていた。

「え？　さ、サーラ！」

「鍋を部屋にお届けしたら、すぐに掃除に戻ってくださいね。廊下の掃除が全く終わっていないので」

「そ、そんな！　五分、いや、三分だけでいいんです！　どうか最後のシメだけでも食べさせてください！」

ミーナが上目遣いに懇願するが、サーラは首を横に振る。

「ダメです。もう何時だと思っているんですか。休憩時間もとっくに過ぎているんですよ？」

「私の分を半分、サーラにも分けてあげますから！」

「私はもう昼食を食べてお腹がいっぱいなので結構です」

雑炊を分けるという切り札を切っても、全く揺るぎもしないサーラ。

何という精神力。サーラの心は鋼《はがね》か何かでできているのではないだろうか。

「さあ、仕事に戻りますよ」

「……はい」

サーラに言われて、しゅんとしながら廊下へと出ていくミーナ。

先程の嬉しそうな顔から一転して絶望の表情に。無理もない、味噌鍋でありながら最後のシメを取り上げられてしまったのだ。これほど悲しいことはないだろう。

「……ミーナ」

「はい、何でしょう！　アルフリート様！」

俺が声をかけてやると、ミーナがどこか期待するような表情で振り向いてくる。

「ご飯だけじゃなく卵も入れてきてね」

「アルフリート様のバカぁ！」

捨て台詞を吐きながら出ていくミーナ。

主人に向かってバカとは何事だ。

この後、雑炊は俺とエリノラ姉さん、シルヴィオ兄さんの三人で美味しく頂きました。

壁を洗って心も綺麗に

I want to enjoy slow Living

昼食を食べ終わった後、俺はリビングのソファーにだらりと寝転がる。

それから最近ソファーの上に置かれるようになった、家族用のスライムクッションを抱きかかえる。

ああ、この布越しに感じられる抱き心地が最高だ。

ぷにぷにとしていながら程よく弾き返してくる弾力。

ああ、スライムとは、一体どうしてこのような魅力的な体に生まれついてしまったのだろうか。

まったく罪な生き物である。

「決めた。今日はこうやってスライムを抱きしめながら寝ることにしよう」

いつもなら枕として、頭の下に敷いて寝ているのだが、今日はこのまま抱きしめて眠ることとしよう。

このような魅惑ボディを抱きしめているのだ。さぞ、いい夢を見られるであろう。

スライムを両腕で抱きしめながら、瞼をゆっくりと閉じる。

そして意識を底へと沈めていこうとしたところで、タイミング悪くエルナ母さんがやってきた。

「アル、ちょっといい？」

「……すー、すー」

何やら面倒事の予感がしたので、俺は寝息を漏らして眠っているフリをする。

ふふふ、自分の子供が気持ち良さそうに眠っているのだ。それを妨害してまで頼み事をするはずが……。

「屋敷の壁に汚れが目立ってきたから掃除しているのだけれど、なかなか落ちなくて困っているのよ。水魔法で流しても全然落ちないし。それで困っていたらルンバが――」

全く動じずに一人で話し続けるエルナ母さん。

この人は眠っている息子相手に何を語り掛けているのだろうか？　相手は意識がないってこともわかっているよね？　それでも話しかけるって結構ヤバいと思うんだけど。

「で、できそうなの？」

「……すー、すー」

俺が考えている間に何か言っていたようだがほとんど聞いていなかった。とりあえず、面倒臭そうなので、このまま寝たフリをしておこう。

起きていないと悟ればエルナ母さんもどこかに行って……。

「いい加減下手な狸寝入りはやめなさい。こっちはずっとアルが起きてるってわかって話しかけているのよ？」

「いたたたたい！　わかった。起きるから頬を引っ張らないで！」

どこかに行くこともなく俺の頬を引っ張ってくるエルナ母さん。

とりあえず上体を起こすと指の力を抜いてくれるが離してはくれない。親子の絆《きずな》を感じるな。

「もう、気持ちよく寝てたっていうのに……」

「嘘おっしゃい。目を瞑っていただけで眠ってはいないでしょ？」

「そんなことないよ。大体何でそんなことがわかるの？」

「それは私がアルの母親だからに決まっているでしょう？」

胸を張りながら自信満々に答えるエルナ母さん。

根拠はないのだが妙に納得してしまいそうになる言葉だ。

「というか昼寝をしていたら、そっとしておこうとか思わない？」

可愛い息子がソファーの上で眠ろうとしているのだ。そこは大人として、優しく見守るとかいう選択肢はなかったのだろうか？

「アルの場合、いつも昼寝をしているから、眠ろうとしているからといって遠慮していたら何もできないわよ」

呆れながら答えるエルナ母さん。

その言葉には思わず当事者である俺が納得してしまった。

「それで私がさっき言った、壁の汚れの件はどうなの？」

「ごめん、屋敷の壁の汚れが水魔法でも取れないってとこまでしか聞いてなかった」

「もう、しょうがないわね」

軽く息を吐くと、エルナ母さんはさっきの続きを言ってくる。

それを簡単に纏めると、屋敷の壁の汚れをカグラで使った高圧洗浄機魔法で取り除けないかということらしい。

岩の汚れをみるみる落としていたのを見たルンバが助言したそうだ。

「まあ、多分落ちると思うよ」

「あらそう。なら、その水魔法で壁の汚れを落としてくれる？」

「わかったから微かに指に力を入れるのをやめて」

俺が引き受ける旨を伝えると、エルナ母さんは満足げな笑顔で指を離してくれた。

戦いとは始まる前にすでに終わっているものなのだな。

◆

玄関の扉を開けて外に出ると、外靴に履き替えたエルナ母さんが後ろからついてきた。

「あれ？　エルナ母さんも見にくるの？」

「アルがどんな水魔法で汚れを落とすのか気になってね」

なるほど、魔法ゆえの興味か。

普段は面倒臭がりなエルナ母さんも、魔法が絡むと結構行動的になる。

「アルフリート様、こちらです」

「おう、こっちだ」

玄関を出て左側を見ると、サーラとバルトロが雑巾を手にして立っていた。

一応自分達の力でも汚れを落とすことができないか試していたのだろう。

さすがに壁となると女性だけでは危ないから、バルトロも手伝っているのだろうな。

サーラとバルトロに付いていって屋敷の側面に回ると、そこには長年のせいか黒ずみ、藻のようなものが付着した壁があった。

屋敷の壁が白塗りなせいで余計に目立ってしまう。

「あー、汚れているなとは思っていたけど、近くで見ると思っているよりも汚ないね」

「はい、最近では遠くからでも気になるようになったので」

となると、ある程度の距離まで、汚れた部分が見えてしまうということか。

ただの民家であれば別に気にならないが、うちは一応領地を治める貴族である。威厳を示すためにも汚れたままの屋敷では格好が悪いな。

うちの屋敷は建っている場所が高いから、場所によっては村からでも見えるし。黒ずんだ館って思われるのは嫌だな。

「布で拭いてみたが結構頑固でな。でも、坊主なら魔法で簡単に汚れをとれるってルンバから聞いてよぉ」

「多分、できるよ」

「おお、さすがは坊主だな！　痒いところに手が届くような魔法を持ってるぜ」

その台詞、トールとアスモにも言われたような気がする。俺は便利家電か。

「申し訳ありませんが、よろしくお願いします」

「わかったよ」

サーラに丁寧に頼まれて壁へ近づいた俺は、汚れを確認するために見上げる。

何十年、何百年と放置していた汚れでもなさそうだし、これなら余裕で水魔法で落とすことができそうだな。

問題はカグラでやったように壊れてしまわないようにすることだ。

前回は何てことのない岩だったので問題なかったが、今回は屋敷の壁だ。ヒビが入ってしまったテヘペロ、ではすまない。

もしそうなると、風や雨が入り込むようになるかもしれないからね。慎重にやっていかないと。

とりあえずは練習だ。

俺は少し離れた場所で土魔法を発動して、分厚い土壁を用意する。

「お？　ルンバからは水魔法を使うって聞いたが？」

「その前の練習だから気にしないで」

俺がそう言うも、バルトロをはじめとする皆は怪訝そうな表情。

しかし、仕方がない。威力調節の感覚を思い出しておかないと、うっかりヒビを入れかねないから。

怪しむような視線に見守られながらも、俺は作り出した土壁に水魔法による水を発射。

指先からドバドバと水が放出されるのを見て、俺はさらに魔力を込めて水の圧力を上げる。

すると噴射されていた水圧が上がり、シャーという空気を切り裂くような鋭い音に変わった。

勢いよく噴射された水が土壁に当たって弾ける。

この土壁と屋敷の壁の厚さが同じってわけではないが、大体感覚は思い出した。

弱くして段々と出力を上げればいいだけだし大丈夫だろう。

俺は土壁に当てていた水を、そのまま屋敷の壁へと向けた。

シャーッと音を立てて水が弾ける。

俺は壁の様子を見ながらゆっくりと出力を上げていく。すると、壁に付着していた汚れがみるみる落ちていく。

「「おおおおー！」」

後方からバルトロ達の歓声が上がる。

水が勢いよく発射されて汚れが吹き飛ぶ光景は、爽快の一言に尽きる。

俺が水を当てた端から、まるで新築だと思えるくらいに綺麗な壁が露出してくる。

「なるほど、水刃の威力を弱めて継続的に射出することで、付着した汚れを弾き飛ばしているのね」

顎に手を当てながら俺の魔法を凝視してくるエルナ母さん。

きっと俺がどのように魔力を使って使用しているかもお見通しなんだろう。

ちなみに水刃というのは、水の魔力を極限まで圧縮させて飛ばす、風の刃と同じような切断性に特化した危険な魔法だ。

そんな物騒な魔法よりも、こっちのほうがよっぽど使い道がある気がするよ。

俺は壁の上から下へと向かってゆっくりと水を放射していく。

すると、横合いから同じようにドバドバと水が放射された。

隣を見るとエルナ母さんが指から水を発射している。

「加減を間違えると壁が壊れるよ?」

「そんなヘマはしないわよ。ちなみにうちの壁の強度ならもっと強めても大丈夫よ」

注意するもエルナ母さんは自信満々にそう言って、水の圧力を高めて俺と同じ魔法を再現してみせた。

まあ、この程度の魔法だったらエルナ母さんなら一発で再現できるよね。

「壁の強度なんて何でわかるの?」

「建築する前に魔物の襲撃に備えてどの程度の攻撃魔法なら耐えられるか実験したのよ。

こういうのは一度壊すことでわかることもあるわ」

なるほど、確かにな。今まで魔力を込めた障壁魔法の強度実験はしたことがあるが、現存している物質を壊したことはなかったな。

今後のためにも廃材や、取り壊し予定の民家などを壊して、物質の強度を知っておくのもいいかもしれないな。さすがはエルナ母さん、少し物騒だがいいアドバイスをしてくれる。

左から右へ。右から左へと放射しながら下へ降りていくと、エルナ母さんが放射する水が隣り合うようにやってくる。

やがては合流してシャーッと壁の汚れを落とす俺達。

「……何とも言えない爽快感ね」

「でしょう?」

「後ろから見ているだけでも気持ちがいいな」

みるみる汚れが落ちていく光景はやはり気持ちがいい。

掃除の醍醐味《だいごみ》は綺麗にした時の達成感などだと思うが、苦労せずに達成感を得られるこの魔法は素晴らしいな。

「あっ、虹です」

「ははは、本当だな。綺麗だな」

ふとサーラが指さす方を見ると、俺達が水を放射した辺りに小さな虹が出ていた。

綺麗になった屋敷の壁に、七色の虹。
俺達の心は澄み渡った青い空のように晴れやかだった。

以前の約束

I want to enjoy slow Living

夏の地獄の稽古を終えた俺は、リビングで風呂上がりの牛乳を飲む。

勿論、風呂上がりの一杯は腰に手を当てて立ちながら。本当は小さな瓶がいいのだが、そんな物まで用意していなかったのでコップでだ。

猛烈な日差しとお湯によって熱くなった身体が、冷たい牛乳によって冷やされていく。

身体が水分を欲していたせいで、一息に飲み干してしまった。

「ぷはぁ、風呂上がりの一杯が堪らない」

コリアット村の牛から獲れた牛乳は凄く濃厚な味だ。生臭くなく、コクがあり、甘みが強い。もはやこれだけで甘味としても通用するのではないだろうかと思うほど。

「あ、アル、私にも牛乳ちょうだい」

ソファーに座っていたエリノラ姉さんが、そう言ってコップを掲げる。

もう一杯飲もうとしていたが、とりあえずエリノラ姉さんが欲しているので先に入れてあげよう。

俺も喉を潤したら、ソファーで寝転がりたいし。

とはいえ一リットル以上はありそうな牛乳瓶を抱えるのも面倒なので、俺は歩きながらサイキックで牛乳瓶を浮かせてエリノラ姉さんの方に移動させる。

俺の意図に気付いたエリノラ姉さんがテーブルにコップを置いたので、俺はサイキックで牛乳瓶を傾けて牛乳を注いだ。

別に俺としてはコップを掲げている空中でも容易に注ぐことができるのだが、エリノラ姉さんとしては溢《こぼ》さないか心配らしく毎回テーブルに置いている。

別に空中だからといって溢したりしないんだけどな。

「はい」

「ありがと」

牛乳を注ぎ終わると同時に俺はソファーに着席。

そのまま牛乳瓶を引き寄せて自分のコップにも注ぐ。

俺が味わうように飲んでいると、エリノラ姉さんが一気に飲んでコップをテーブルに置いた。

「アル」

「もう一杯？」

「違うわ。かき氷作ってー」

「ああ、そっちね。いいよ」

牛乳ではなく今度はかき氷ですか。

かき氷くらい別に座りながらでも作ることができるので楽なものだ。

「あら、私も頼むわ」

「僕も頼んでいいかい？」

「僕もー」

俺が土魔法で皿を用意しようとすると、ちょうどエルナ母さん、ノルド父さん、風呂上がりのシルヴィオ兄さんが入ってきた。

俺は自分を含めて手早く五人分の皿を作る。それから氷魔法でさらっさらの氷を積み上げていく。

「あたしのは、いい感じにガリッとしたやつよ」

「私はいつも通りフワフワで」

「はいはい、皆の好みもわかってるよ」

エリノラ姉さんは氷の粒が荒く、食べれば少しガリッとするぐらいのを好む。

そしてエルナ母さんは氷の粒が細かく、舌にのせるだけで溶けるようなフワフワな感触を好むのだ。

ちなみにノルド父さんとシルヴィオ兄さんはその中間ぐらいを好んでいる。

まあ、氷の粒の大きさを変えるとかなり食感も変わるので好みがあるのもわからなくないな。

俺がかき氷を完成させ、土魔法でスプーンを作る。

それが終わるとシルヴィオ兄さんがエルナ母さんとノルド父さんの座るテーブルに運んでくれる。

さすがはシルヴィオ兄さん、気が利くな。

それにしてもエリノラ姉さんってば、目の前にいた癖に手伝わないのか？　そう思って視線を上げたがエリノラ姉さんは目の前のソファーからいつの間にか消えていた。

「厨房からジャムとか貰ってきたわ！」

どうやら真っ先に厨房に向かってかき氷にかけるものを調達していたようだ。

腕の中には何種類ものジャムや果物のジュース、蜂蜜、砂糖などがある。

そうだ。エリノラ姉さんは自分の好きなものに関しては準備がよかったな。失念していた。

うちの姉も随分とかき氷を食べるのに慣れてきたものだ。

「今日は何をかけて食べようかしら？　昨日はイチゴジャムで、その前はブドウだったから……今日はオレンジかしら？」

「ジャムもいいけど、ジュースと少しの砂糖を混ぜてかけてもいいよ」

「ああ、その手があったわね。迷うわ」

テーブルに乗ったそれぞれのトッピングを前にして微笑ましい会話をする両親。

ドラゴンスレイヤーの冒険譚では考えられない台詞だな。

最近エリックに貸してもらった本を読んでいるせいか、そんなことをふと思ってしまう。

「姉さんは何にするの？」

「あたしはキッカのブドウジュースね！」

「じゃあ、僕もそれにしようかな」

エリノラ姉さんとシルヴィオ兄さんはキッカのブドウジュースにするようだ。

あの濃厚な味ならばかき氷ともよく合うしな。

さて、俺はトッピングをどうしようかな。

キッカのブドウジュースもいいし、爽やかなオレンジジュースでもいい。ドロリとした酸味と甘さを兼ね備えたジャムを乗せてもいいな。

……よし、食べたいものを全部かけてしまうか。

「エルナ、早くかけないと氷が溶けるよ？」

「ちょっと待って。必死にどれがいいか考えているから」

悩むエルナ母さんをしり目に、俺はテーブルに乗っているブドウジュースを取り、かき氷の一部分にかける。次にオレンジジュースを違う部分にかけて、そこを避けるようにリンゴジュース、さらには残りの部分にそれぞれのジャムを乗せる。

「よし、これでよし」

俺のかき氷の山は、紫色だったり赤色だったり、オレンジ色だったりとカラフルになっている。恐らく下の方では色が混ざり合って凄いことになっているだろうが、これはこれで美味しいので良しとする。

「……あ、アル、何をしてるのかしら？」

俺がトッピングを終えてソファーに戻ろうとすると、エルナ母さんが信じられないような物を見たかのような表情で聞いてくる。

「え？　どれも食べたかったから、いっぱいトッピングをかけただけだけど？」

「……そうね。トッピングが選べないなら全部かけてしまえばよかったのよ」

まるでパンが食べられないならケーキを食べればいいと言うような口調だ。

悩み苦しんでいたエルナ母さんは、清々しい表情で俺と同じように手あたり次第トッピングしていく。

俺よりもトッピングする種類が遥かに多いが、これでも女子力の高い貴婦人。

見る者を決して不快にさせない、まるでパフェのように美しいトッピングだ。

「「パフェ？」」

「あっ」

しまった。感嘆の言葉が漏れていたのだろうか。

エルナ母さんとエリノラ姉さんが同時に振り返る。

やめてくれ。そんな獲物を狙うかのような鋭い眼差しをこっちに向けないでくれ。

「そういえば、アルはカグラに行く前にもアイスクリームだとかプリンだとか未知のお菓子らしい名称を叫んでいたわね」

「じゃあ、パフェもその一種に違いないわ」

知りもしない癖に無駄に鋭い。というか、そんな昔のことをまだ覚えているとは相変わらず無駄に記憶がいい。

「そういえば、アルがカグラに行くのを許可したから結果的にアイスクリームだとかプリンも作るべきじゃないかしら？」

「ええ⁉　あれってルンバが交渉カードになったから無効じゃない⁉」

「お菓子も交渉に含まれているから無効じゃないわ」

俺が抗議するもエルナ母さんは首を横に振って言い切る。

くそ、お米を自由に買えるようになるからといって、迂闊《うかつ》に言うんじゃなかった。もっと出し惜しみしておけばよかった。

「わ、わかったよ。じゃあ、アイスクリームかプリンを――」

「母さん、あたしパフェの方がいいと思う！　これだけトッピングされてるのと同じぐらいってことだから、そっちの方がいいはずよ！」

これだから勘の鋭い姉は嫌なんだ。パフェともなるとアイスクリームもプリンだって乗っていることになる。作る労力は単純に二倍以上だ。

「そうね。アイスクリームもプリンも作るとなると大変ね。じゃあ、アル。パフェとやらを今度作ってちょうだい」

「……へいへい」

二人とも、本当はパフェが何なのか知ってて言ってるんじゃないだろうか。そう思えて仕方がない悪魔の連携技だった。

◆

「カグラに行くためとはいえ、そんな迂闊なことを言っちまったのか」

「言っちゃいました」

かき氷を食べた後日。俺はパフェを作るためにバルトロのいる厨房にやってきていた。

「今度はパフェとやらか。またしばらく菓子職人になるんだな俺は……」

「め、面目ない」

遠い目をしながら語るバルトロを見ると少し申し訳なくなる。

別にお菓子を作ること自体はいいのだが、屋敷の女性陣が定期的に求めるようになると作るのはバルトロということになる。

クッキー大量生産の時のように、一日中厨房に甘い匂いを漂わせることになるというわけだ。

「まあ、菓子とはいえ、料理は料理だ。色々な物が作れて損はねえし構わねえよ」

「さすがはバルトロだよ！」

今回はアイスクリームにプリン、トッピングと複数の要素を覚える必要があるのだが、バルトロは構わないと言ったし、余計なことは言わないでおこう。

「じゃあ、まずはパフェの要《かなめ》になるアイスクリーム……正確にはミルクジェラートかな」

俺はこの世界でバニラなる植物を見つけることができていないので、前世のようなバニラ味のするようなアイスは作れない。

でも、冷たくて美味しいのは確かだし、別にいいだろう。

「牛乳と砂糖を用意して」

「はいよ」

俺がそう言うと、バルトロは手早く氷の魔導具である冷蔵庫から牛乳瓶を取り出して、棚から砂糖の入った壺を用意する。

俺はその間に魔導コンロに火をつけて、フライパンを置く。

「フライパンに牛乳一リットルくらいと砂糖を大さじ五杯くらい入れる」

「相変わらず、菓子は恐ろしいくらい砂糖を使うな」

まあ、その気持ちもわからなくもない。食べているとあまり理解できないものだが、料理してみるとかなり砂糖やバターを使っているとわかる。

そりゃ、お菓子ばかり食べると太ってしまうよな。それでも食べてしまう程にお菓子には魔力が宿っているのだが。

「後は沸騰する直前で火の勢いを弱めて煮詰めていくだけ」

「お、随分簡単なんだな」

本当はもうちょっと色々混ぜたりするけど、簡単なミルクジェラート程度ならこの程度で十分だ。

「沸騰するまでにプリンを作っちゃおうか」

「何だ。これだけじゃなかったのか?」

バルトロが何か言っているがスルーだ。

ミルクジェラートの元になる牛乳が沸騰するまでの間に、俺達は次のプリン作りへ取り掛かる。

用意するのは先程の材料に卵を四個ばかり追加するだけ。

ボウルに牛乳と大さじ二杯くらいの砂糖を入れ、卵の黄身だけを投入。

それから菜箸《さいばし》を重ね合わせた自作泡だて器で混ぜる。

「後はこれを小さい容器に入れる」

「もっと大きい容器もあるが?」

「プリンは小さいくらいが可愛らしいし、量もちょうどいいんだよ」

「いかにも女が好きそうな感じだな」

まったくそうだ。でも、大きなサイズのプリンというのもロマンがある。暇だったらバケツプリンとか作ってもいいかもしれない。絶対一人で食べきれないけど。

「あ、ちょうど九個できたね」

「ははは、これで争う必要はなくなったってわけだな」

小さな容器に混ぜたものを注いでいくと、ちょうど屋敷にいる全員分の量になった。

別にこのくらいの物はすぐに作れるのだが、誰が先に食べるか、などという無用な争いが起きることはなさそうなのでホッとした。

ミルクジェラートの隣でも、火をつけてもうひとつフライパンを設置。

そこに混ぜたプリンカップを置いて、水が漏れないようにタオルを乗せると蓋をする。

「沸騰してきたら火を弱めて蒸していく感じかな。俺はプリンを見ておくから、バルトロはミルクジェラートを見ておいて」

「おう」

俺がプリンの様子を見て、バルトロがミルクジェラートの様子を見る。

あちらはいい感じに煮詰まってきているみたいで、バルトロは火を弱めてヘラで混ぜているようだ。

それから十分後、プリンの元が沸騰してきたので俺は火を弱めてあげる。

後はこのままもう十分くらい蒸してあげたら、冷蔵庫に入れて冷やすだけだな。

「いい感じに煮詰まってとろみが出てきたぜ」

バルトロのフライパンを見ると、牛乳の量が半分ほどになっており、とろみがついてきている模様。

「それじゃあ、そっちも後は冷やすだけだね」

煮詰めた牛乳をボウルに移し代えて、冷蔵庫で冷やす。

別に氷魔法ですぐに冷やしてあげてもいいのだが、そこまで急ぐことでもない。

「アル、フライパンにまだ煮詰めたやつが残ってるけどいいのか？」

「それは練乳って言って、甘いシロップになるから取っておこうと思って」

そう、牛乳と砂糖を混ぜて煮詰めると練乳になるのだ。

これは今後、かき氷革命を起こす。

「ほお、ちょっと味見させてもらうぜ」

そう言ってバルトロがスプーンですくって味見する。

「……ほお、牛乳にとろみをつけて甘くしたような感じだな。バターよりも俺はこっちの方が好きだな」

「ああー、こっちの方が香りも控えめだし口当たりがいいしね」

バターの香りも食欲をそそるもので悪くないのだが、あまり甘党ではないものからすれば練乳の方が食べやすいだろう。

「さて、後は冷やして待つだけだね」

パフェの構造を考えながら時間を潰すことしばらく。

「おー、綺麗に固まってるね」

冷蔵庫を開けてみると容器に入ったプリンを見事に固まっていた。

「これにさっきのカラメルソースをかければ完成か？」

「うん、プリンだけでも美味しいけど、あの甘いソースもあるともっと美味しいんだ」

「ただでさえ、卵と砂糖をふんだんに使ってるってのに、さらに甘いソースをかけるとは……お菓子というのはどれだけ業《ごう》が深《ふけ》えんだ」

「だからこそ、人々の心をグッと掴んでしまうのかもしれないね」

何て言い合いながらミルクジェラートの様子も確認。

「おっ、こっちも固まってるな。ってことはミルクジェラートも完成か？」

「確かにこれでも美味しいけど、ミルクジェラートは二回か三回くらい混ぜて冷やした方が滑らかになるんだ」

「ほー、そうなのか」

冷蔵庫からボウルを取り出した俺は、そこにスプーンを入れてかき混ぜる。

シャリシャリと音を立てながら半固形になったミルクジェラートが混ざり合う。

「ちょっと味見してみる？」

「ああ」

それぞれスプーンですくって俺達は完成前のミルクジェラートを味見。

口の中で噛むとシャリシャリと気持ちのいい音がして、舌の上で甘いミルクの味が溶けだす。バニラアイスなどに比べると味や風味は弱いかもしれないが、ミルクのまろやかな甘さがしてとても美味しかった。

「冷たくて美味いな。他の甘いお菓子とは違った優しい味がするぜ」

「そうだね。牛乳の優しい味だね」

恐らく前世のスーパーなどで売っている牛乳ではこのような味は再現できなかったであろう。コリアット村でとれたばかりの牛乳だからに違いない。

甘すぎずしつこ過ぎない柔らかな味がいいのだ。

「後はまた冷蔵庫で冷やして、混ぜるのを繰り返せばいいんだけど面倒だから氷魔法で冷やしちゃおう」

「まったく坊主の魔法は便利だな。余裕で料理の過程を短縮できるなんてよ」

ふふふ、魔法はこういう時こそ真価を発揮するのだよ。

バルトロが羨ましそうに見る中、俺は氷魔法を発動してミルクジェラートを冷やす。

凍ってしまわないように注意しながら様子を見て、固まったらまた同じようにスプーンでかき混ぜる。

その流れをもう一回やると、大分滑らかになってきたのでミルクジェラートは完成だ。

パフェとは夢を詰め込むもの

I want to enjoy slow Living

ミルクジェラートが完成すると、後はプリンやらフルーツやらを細長い容器に盛り付けるだけで出来上がりなのだが、生憎《あいにく》とうちの家にはそのような器はない。

「ねえ、何か長細い器はない？」

「長細い器？　コップみたいなのか？」

「うーん、形で言えばワイングラスみたいなのがいいかも」

俺がそう言うと、バルトロが食器棚を漁って探し出す。

「ワイングラスかー。おっ、そういえばノルドが貰ってきたやつで棚の肥やしになってる物がいくつかあるぜ」

そう言ってバルトロが取り出したのは、口が大きく広がっている物や、妙に細長かったりしているワイングラスだった。

それらの中で俺はパフェの容器にピッタリな物を見つける。

「あっ、これなんかちょうどいい」

「なんか花を意識して作ったんだっけな？　口の部分が妙に大きいから飲みづらいってこ

とで全然使われてなかったな」

他のグラスでも十分使えるけれど、これが一番パフェの容器っぽい気がする。ちょうどふたつあるのでエルナ母さんとエリノラ姉さんの分としよう。さすがにノルド父さんとシルヴィオ兄さんがここまでのパフェを食べられるとは思えないから、小さめのもので。

後はこれに盛り付けていくだけだな。

「バルトロ、マフィンとクッキーは作ってるよね？」

「ああ、坊主が昨日作っておけっていうからちゃんと作っておいたぜ」

もはやマフィンやクッキーを作ることなどお手のものな、うちの料理人。パティシエと言っても過言ではないな。

「こいつをどうすんだ？」

「砕いて入れて食感の違いを出すんだ。ふわふわとサクサク」

「なるほどな。ミルクジェラートと相性がよさそうだもんな」

パフェといえば、サクサクなフレークやら柔らかいスポンジ、チョコレート、生クリームなどの数多の素材が入って、それぞれの食感と素材の合わさりを楽しむものだ。

マフィンで柔らかなスポンジを、クッキーでフレークの代用をしようという作戦だ。生クリームについてはミルクジェラートと果物を多めに入れることで誤魔化すことができるだろう。

「よし、マフィンを大雑把《おおざっぱ》に千切って、クッキーを食感の残る大きさに砕こうか」

「おう」

「マフィンを千切って、クッキーを砕く⁉　お二人とも正気ですか⁉」

俺とバルトロがそれぞれの役割をこなそうとすると、ミーナが血相を変えて飛び込んできた。

急に現れて大声を上げるからビックリした。また厨房の匂いを嗅ぎつけてやってきたのか。

「ふわふわのマフィンを千切り、サクサクのクッキーを砕いてもて遊ぶくらいなら、私が貰います！」

「違うよミーナ。これはパフェっていうお菓子を作るために必要なことなんだ」

「……パフェ？　何だかわからないですけど、とても素敵な響きです」

うっとりした表情で呟くミーナ。

パフェを知らないにも関わらず、素晴らしいものとは察知しているようだ。

相変わらずうちの女性陣はお菓子のことになると鋭い。

「わかったら、クッキー一枚あげるから仕事に戻るか大人しくしてて」

「大人しくしています！」

やはり仕事に戻るという選択肢はないのか。

クッキーを齧りながらちょこんと小さな椅子に腰かけるミーナ。

そんなミーナをしり目に、バルトロと俺はマフィンを千切って、クッキーを適当に砕く。

時折、ミーナの方から「あぁ！」などと悲壮な声が聞こえるが無視だ。これは仕方のない犠牲である。

「さて、後は果物とかと合わせて入れていくだけだよ」

バルトロが興味深くこちらを観察してくる中、俺はマフィンを小さく千切ったものを投入。その上にミルクジェラートを入れる。

マフィンを底に入れることによって溶けたミルクジェラートを吸収して、最後に美味しく食べることができるという訳だ。

その上に適当に砕いたサクサクのクッキーを乗せて、カットしたイチゴを積んで、またマフィン。その上にまたミルクジェラートを乗せて層にしていく。

「マフィンにクッキー、さらに未知の甘味に果物……い、いいんですか⁉　そんなことしちゃって後で捕まりませんか⁉」

俺がそんな作業をしていると、いつの間にかミーナが傍にきていた。一体誰に捕まるというのやら。

でも、ミーナが動揺してしまう気持ちもわかる。パフェというものはそれほどまでに贅沢な物だから。

「いいんだよ。パフェは夢を詰め込むものだから」

「パフェは夢を詰め込む……っ！」

俺がにっこり笑いながら言うと、ミーナはうっとりした表情で反芻《はんすう》する。

ミーナが夢の世界へと飛んでいるのをよそに、俺は積み上げたミルクジェラートの上に主役のプリンを乗せてカラメルをかけてやる。

そして最後の余った部分にカットしたイチゴやクッキーを刺してやると……。

「うん、これで完成だね」

「な、なんですか！　このプルプルとしたものは⁉　それにこの甘い香りのするソースも堪りません！　も、もう食べていいですか⁉」

「いやいや、ダメだから。これはエルナ母さんのだし！　というか涎垂《よだれ》らさないで汚い！」

興奮のあまり涎を垂らしながら近寄ってくるミーナを押しのけると、バルトロが後ろから羽交い絞めにして距離を離す。

「ほら、ミーナ。ちょっと大人しくしていろ」

「い、嫌です！　バルトロさん！　目の前にパフェがあるのです！　それを前にして食べないわけにはいきません！」

大好きなクッキー、未知の甘味のミルクジェラート、プリン、たくさんの果物やマフィンを前にしたミーナが興奮状態。ジタバタと手足を動かす様は子供のようだ。

「大人しくしているならミルクジェラートを味見していいし、トッピングを任せようと思うのだけど……」

「申し訳ございませんアルフリート様。パフェを前にして少々取り乱しました」

俺が魔法の言葉を唱えると、ミーナがすっと暴れるのを止めて冷静になる。どうやら駄メイドではなく、優秀なメイドモードに切り替わったようだ。

こういう現実的な譲歩をチラつかせると冷静になるあたりが実に女性らしい。

「バルトロさん、もう大丈夫ですから」

「お、おう」

ミーナが暴れないことを理解したのか、バルトロがゆっくりと腕を離す。

その表情は少しだけ残念そうな気がした。

俺がじーっとそれを見ていると、バルトロが気を取り直すように口を開く。

「で、パフェはこれで完成だよな？　要はそれぞれの好みと食感を意識しながら積んでいけばいいんだよな？」

「うん、そういうことだから、バルトロとミーナもやってみようか」

「おう！」

「かしこまりました、アルフリート様」

「とりあえず、ミーナは味見して」

ミーナがこのままではこっちがやり難いので、ミルクジェラートをスプーンですくってやる。

「では、味見をさせていただきます」

ミーナがいそいそとミルクジェラートを口の中へ。

「ふわぁ……何ですかこの冷たくて甘くて優しい味は。身体が溶けてしまいそうですぅ」

ミルクジェラートが余程美味しかったのか、ミーナは即座に顔と口調をだらしないものに変化させた。

「こんなものをマフィンやクッキー、果物などと一緒に食べるとどうなるか想像もできません」

「ははは、やっぱりミーナはこうじゃねえとな」

「落ち着いた方が静かでいいんだけどね」

いつも元気で騒がしいミーナだが、やはり彼女はこうでないとね。

「それじゃあ具材を入れていくか」

「そうですね！　私の美的センスを見せてあげますよ！　まずは砕いたクッキーとミルクジェラートをたくさん入れて――」

「あくまで皆の好みに合わせて入れてね？　自分のパフェじゃないのに、全部自分好みにしたらダメだよ？」

そうやって俺達は屋敷にいる全員分のパフェを完成させた。

パフェ実食

I want to enjoy slow Living

パフェを完成させた俺は、即座にエルナ母さん、エリノラ姉さんへと報告。すると、ダイニングルームで試食会を開くことになった。

「パフェっていうの、楽しみね」

「ええ、一体どんなものなのかしら？　ミーナによると夢が詰まってるって聞いたけど」

「じゃあ、クッキーいっぱいかもね」

エルナ母さんとエリノラ姉さんは既に席についており、残るはノルド父さんとシルヴィオ兄さんのみ。

二人はメルが呼びに行ってくれるとのことなので、俺は大人しく席に座りながら、楽しそうにする二人の会話を聞き流す。

ミーナのせいでハードルが上がっているみたいだが、大丈夫だろうか？　食べてみたらあんまり美味しくないとか怒られないといいけど。

俺がそんなことを思っているとメルが扉を押し開いて、ノルド父さんとシルヴィオ兄さんが入ってきた。

シルヴィオ兄さんが隣の椅子に座り、ノルド父さんがいつもの家長椅子に座る。

「お待たせ」

「あなた、仕事は大丈夫？」

「ああ、大丈夫だよ。ちょうど区切りのつくところまで終わったから」

「いつも言ってるけど、あまり無理しないようにね？」

「心配してくれてありがとう。もうひと踏ん張りすればゆっくりとできるから」

「その時を楽しみにしてるわ」

何だかパフェを食べてもいないのに甘い物を食べたような気になった。

それはエリノラ姉さんもシルヴィオ兄さんも同じだったようで、微妙そうな顔をしている。

「さて、今日はパフェだったね？　それはどんなお菓子なんだい？」

「グラスの中にたくさんのお菓子や果物って感じかな？　とにかく見てもらった方が早いや。メル、パフェを持ってきてくれる？」

「かしこまりました。ほら、ミーナとサーラ、入ってきな」

俺が頼むまでもなく呼んでいたのか、メルが扉を開けるとそこにはトレーの上にパフェを載せたミーナとサーラがいた。

サーラは余裕の表情で運んでいるけど、ミーナはパフェを変に意識して緊張気味だ。

見ているこっちが不安になる。

「ミーナ、大丈夫？」

「す、すいません、これほどのお菓子が詰まったものとなると緊張してしまって」

「もしもの時は、俺がサイキックでパフェだけは死守するから大丈夫だよ」

「ええ⁉　それは安心できますけど、私よりもパフェの方が大事みたいで複雑です」

そんな風に俺が声をかけると、緊張が解《ほぐ》れたのかミーナは問題なくパフェをテーブルまで運んでこれた。

「あら、凄いわね。今までのお菓子よりも華やかさが段違い。とても綺麗だわ」

「……これはまた随分と大きいね」

目の前に並べられたパフェを見て、エルナ母さんが嬉しそうに、ノルド父さんがそのボリュームに顔を引きつらせる。

今までのものに比べるとサイズもインパクトも違うからね。

「中に入ってるのは何かしら？　パンとホワイトチーズ？」

「チーズっぽい匂いはしないよ？　触ってみると冷たいからかき氷の仲間じゃないかな？」

グラスの断面を観察しながら議論するエリノラ姉さんとシルヴィオ兄さん。

どっちも微妙に外れだ。

「上にはたくさんのイチゴと見たことのない白くてフワッとしたもの。さらにはクッキーやジャムもついていて……これは期待できるわね」

「エルナ母さんがイチゴのやつで、エリノラ姉さんがブドウの、ノルド父さんとシルヴィオ兄さんがオレンジで好みに合わせているから」

「わかったわ」

あくまで大きい奴などと言わず、好みで割り振ったと言うのがポイント。

エリノラ姉さんは気にしないだろうが、エルナ母さんはそこら辺がうるさいからな。

エルナ母さんとエリノラ姉さんが大きな容器のパフェを取り、ノルド父さんとシルヴィオ兄さんがホッとした様子で小さめのパフェを取る。

二人はそこまで胃が大きくないから、これを食べたら間違いなく晩御飯が食べられなくなるからな。

俺も甘いものは好きな方だけど、通常のサイズで十分だ。

俺は自分好みにカスタマイズされたイチゴやオレンジの混ざったパフェを取る。

俺達がパフェを取ると、サーラとミーナがちょうどスプーンを配り終えた。

ただ、スプーンの長さはパフェを食べるには少し心許《こころもと》ない長さだ。女性陣が気に入ることになれば、すぐにローガンの下に長いスプーンの発注がいくだろうな。

「それじゃあ、アル。頂くよ」

「どうぞー」

ノルド父さんの言葉に俺が返事をすると、皆がパフェの攻略にとりかかる。

「すごいわね。このプリンっていうのすごくプルプルしているわ」

スプーンでプリンをつつきながら神妙な顔をするエルナ母さん。

「本当だね。スプーンでつつくと弾き返してくる」

「冷やしたスライムみたいだね」

シルヴィオ兄さんの例えがかなり微笑ましい。

そんな中でエリノラ姉さんは観察することよりも、食べることを優先したのか見事にプリンをすくって口の中へ。

「んっ⁉」

エリノラ姉さんはスプーンを咥《くわ》えたまま目を見開いて静止。それからゆっくりと視線を落として積み上がっているプリンを捉える。

「何これ！　すごくプルプルで甘いわ！」

「こら、エリノラ、スプーンを口から抜いてから喋りなさい。行儀が悪いわ」

まったくもってエルナ母さんの言う通りだ。

しかし、エリノラ姉さんはプリンに夢中で、もはや聞いていない。

「そ、そんなに美味しいのかしら？」

エリノラ姉さんの興奮っぷりに我慢できなくなったのか、エルナ母さんもスプーンでプリンをすくって口の中へ。

味を確かめるエルナ母さんだが、すぐにカッと目を見開いた。

「まあ！　なんて口当たりのいい甘さかしら！　舌の上で溶けて、スルリと喉に通るわ！」

よかった。エリノラ姉さんもエルナ母さんも気に入ってくれたようだ。

「牛乳と卵の味がよく出ているね」

「自然な甘さって感じがするよ」

プリンは甘党ではないノルド父さんやシルヴィオ兄さんにも好評だ。二人ならカラメルソースを抜きにしてもいいかもしれない。

皆の反応を見たところで、改めて俺もプリンを食べる。

卵と牛乳のまろやかな甘みが口の中に広がり、舌の上で見事に溶ける。うん、牛乳と卵の甘みがしっかり出ているな。このままでも十分に美味しいが、しっとりとしたカラメルソースがまろやかな甘みを引き締めて、プリンのさらなる味わいを見せてくれる。

うん、いい甘さだ。

「何これ冷たい！」

俺がプリンの味を噛みしめていると、エリノラ姉さんがミルクジェラートを掘り当てたようだ。

「ああ、アイスクリームなるミルクジェラートだね」

「どっちなのよ？」

「ミルクジェラートです」

アイスクリームを作るにはバニラがなかったからミルクジェラートになったんだけど、

もう面倒だから説明しなくていいや。

「かき氷と違って食感も味もあるわね。あたしこっちの方が好きかも」

「中に入ってるこれはマフィンかしら？　ミルクジェラートと相性が抜群ね」

「サクサクのクッキーも入ってるよ！」

エリノラ姉さん、エルナ母さん、シルヴィオ兄さんが中に入ってる具を見つける度に喜びの声を上げる。味以外にも楽しみがあるのもパフェのいいところだな。

俺もプリンだけでなくミルクジェラートとの相性を楽しむとしよう。

俺はスプーンでミルクジェラートをすくう。

牛乳と砂糖のまろやかな甘味が口の中に広がり、噛むと少しシャリッとする。やがて口の中の体温であっという間に溶けていく。

うーん、この程よい甘みが堪らない。バニラアイスもいいが、しっかりとした濃い牛乳を使えば、より自然な甘みのアイスを作ることができる。

別にバニラなどなくても、これはこれで完成した一品だな。

ミルクジェラートの下から、今度は砕かれたクッキーが出てくる。クッキーとミルクジェラートの味が見事に調和している。

夢中でそれを食べると今度はマフィン。甘さを控えめにしたふわふわの生地が、ミルクジェラートの甘みと水分を吸っており、噛み締めると牛乳とバターの味が同時に染み出てこれまた美味しい。

サクサクのクッキーとミルクジェラート。ふわふわのマフィンにミルクジェラート。サクサクとふわふわが何層にも繰り返されていて全く飽きない。

途中に入れたオレンジの酸味が良いアクセントになっており、箸休めになる。

このいつまでも飽きない食感と味がパフェの真価だと言ってもいいだろう。

「たくさん具材が入っているけど、それぞれが調和しているから飽きないね」

「量が多いと思ったけど、意外と食べられるよ」

気が付けばノルド父さんとシルヴィオ兄さんの容器は見事に空に。俺のパフェもほとんど底をついていた。

最後の方は無心で食べていた気がする。

さて、エルナ母さんとエリノラ姉さんはどうだろうか？　思わず視線を向けると、そこではパフェの下の方にあるものを食べようと格闘している二人がいた。

「くっ、下にあるのが取れない！」

「はしたないけど少し容器を傾ければ……これでも届かないじゃない」

苦肉の策で容器を傾けるが、それでも下の方にあるミルクジェラートとクッキーは食べることができない。調子に乗って大きい容器にしすぎたな。

「ねえ、サーラ。もうちょっと長いスプーンないの？」

「申し訳ありません。それが最も長いスプーンで、これ以上のものは……」

「くっ、今度ローガンに長いスプーンを作ってもらいましょう」

あくまでも容器を小さくするという方面には考えないようだ。

それにしてもパフェの容器は結構大きかったんだけどな。それをペロリと平らげてしまうとは女性の胃袋は計り知れないものだ。

そして後日。バルトロはひたすら、クッキー、マフィン、ミルクジェラート、プリンを作り続ける羽目になったとか。

ドール子爵がやってくる

I want to enjoy slow Living

昼食の後、暑くて外に出る気分が湧かなかった俺は寝転がろうと部屋に戻った。

しかし、なぜか床にはテーブルの上に置いてあったはずのナイトと少女の人形が鎮座していた。

メイドの誰かが掃除の途中で避難させて、元の場所に戻すのを忘れたのだろうか？

俺は二体を抱きしめて元のテーブルの上に戻そうとする……けど、せっかくなので久し振りに人形で遊ぶことにした。

前回はシルヴィオ兄さんと苦労の末に歩かせることに成功したのだ。

俺はベッドに腰かけて、横に人形を置く。

ちなみにナイトは昔、エリノラ姉さんに首を斬られたが、エルナ母さんの裁縫技術により再生済みだ。首元に不自然な縫い跡があるのと、若干防御力は低くなったけど。

まあ、それはおいておいて人形二体にサイキックをかけて同時に操作。すると、ナイトと少女がまるで何かに引っ張られるかのような動きでむくりと起き上がった。

これはちょっと不気味だな。そう感じた俺は、もう一度二体を倒してベッドに寝かせる。それから自分がベッドに寝転がって、起き上がる動作をシミュレート。

自分の手足や胴体の動きをイメージして人形を操作すると、二体の人形は実に人間らしい動きで上体を起こした。

「ふむ、ナイトは覚醒した感じで、少女はまだ眠そうという感じにしてみるか」

ナイトはキレのある動作で、若干ロボじみた動きで当たりを見回す。少女はまだ眠っていたいとばかりに手で瞼を擦らせた。

ふむ、こうやって設定を盛り込みながら動かすだけで大分違いが見えるものだ。

まるで生命が宿っているようで楽しい。

「はいはい、ナイト起きて。新しいご主人様だよ」

そんな風に声をかけて、ナイトをこちらに振り向かせる。

すると、ナイトは慌てて起き上が――いや、人形だし、ここでこけてしまう方が可愛いな。そう思った俺はナイトを一度転ばせてから、立ち上がらせる。それから慌てたようにこちらを向いてピシッと直立させた。

うんうん、人形ならではの可愛らしさとコミカルさが出ているな。

「はいはい、エリザベスも早く起きて」

俺がそう語りかけるとエリザベス人形はこちらをボーッと見上げて、またベッドに倒れて眠り込んだ。

まあ、俺がそう動かしたんだけどね。

それを見たナイトが慌ててエリザベスに駆け寄り、ビシビシと叩いて起こそうとする。

エリザベスは鬱陶しそうに背中を向けるが、ナイトはそれでも諦めない。

やがてエリザベスは不機嫌になったのか、ナイトを蹴り飛ばしてしまった。

「俺もこんな風に毎朝起こしにくる誰かさんを蹴り飛ばせたらいいのに……」

「誰が、なんて？」

驚いて後ろを振り向くと何故か部屋の扉が開いており、そこにはエリノラ姉さんが立っていた。

ま、まさか今の言葉、聞こえていないよね？　いや、誰もエリノラ姉さんとは言ってないから、聞かれていたとしてもセーフだろう。焦ることはない。

「というか勝手に開けないでよ」

「別にいいじゃない。毎回ノックしていたら面倒だわ」

俺が冷静さを装いながらいつもの言葉をかけてみると、エリノラ姉さんは普通だった。

ふう、さっきの言葉を全部聞いていた訳ではなさそうだ。

回避策があるとはいえ、面倒なことにならずに済んで少しホッとする。

「そんなところでぶつくさ呟いて何してるの？」

「人形遊びだけど？」

「男なのに人形遊びをするなんて変わってるわねぇ」

俺がエリザベスに蹴り飛ばされたナイトを指さすと、エリノラ姉さんが呆れたように言う。

ここで俺が、女なのに剣が好きだなんて変わってるね、とか言い返したら半殺しにあうんだろうな。言わなくても容易に想像できた。

「ふふん、エリノラ姉さんは人形の良さがわかってないだけだよ」

「何よ、人形遊びの良さって？」

脳筋のエリノラ姉さんには言葉で説くよりも実際に見せた方がいい。

俺はサイキックを使って、再びナイトと令嬢を動かす。

ぐったりと倒れていた二体が自然な動作で起き上がる。

「うわっ！　キモッ！」

「ちょっとその反応は酷くない⁉」

「いや、キモくはないけど人形なのに人間らしく動くから……」

まあ、人形が動く姿を見慣れていないとそんなものか。若干引っかかるところはあるけど、俺は気にせず動作を続ける。

エリザベスが優雅に起き上がり、そのままベッドの端まで歩いて静止。その下にナイトを移動させるとエリザベスを華麗にジャンプ。

ゆっくりと落ちてくるエリザベスをナイトが綺麗に受け止めて、お姫様抱っこ。

そして、丁寧にエリザベスを地面へと下ろした。

ナイトがエリザベスをエスコートするようにエリノラ姉さんの前に歩かせて、一礼。

「どう？　人形も動かすと可愛いもんでしょ？」

「アルって本当にこういうのが得意よね」

胸を張って自慢するもエリノラ姉さんには呆れられてしまった。おかしい、ここは人形を動かすテクニックを褒めるところだと思うんだけど……。

「人形が動いてるわね……」

床に座り人形二体を興味深く見つめるエリノラ姉さん。

エリノラ姉さんの好奇心と期待に答えるように、ナイトとエリザベスに手を振らせてみる。

すると、エリノラ姉さんがその可愛さにやられたのか、ふっと表情を緩めて小さく手を振り返した。

「ははは、人形に手を振っちゃって可愛いね」

「こ、これは、人形が手を振ってきたからつい！」

俺がニマニマしながら見つめていると、エリノラ姉さんが恥ずかしそうに叫ぶ。

ふふふ、さすがにミニマムな人形が動いているとエリノラ姉さんも可愛いと思うようだ。

「というか、その顔はムカつくからやめなさい」

「はいはい」

あんまりからかって怒られるのも嫌だし、弄るのはこれくらいにしておこう。

俺は自分からエリノラ姉さんの意識を逸らすように人形を操作。

座り込むエリノラ姉さんの手をタッチさせる。

「な、なに？」

「さあ？　手でも伸ばしてあげたら？」

俺が適当に言うと、エリノラ姉さんが素直に右手を伸ばした。

すると、ナイトとエリザベスがエリノラ姉さんの手をつたって、器用に腕を歩き始める。

「ひゃっ！　なんか登ってきたんだけど！」

腕を歩いてくる人形に、エリノラ姉さんが驚きの声を上げる。いつもと違った反応が見られるので面白いな。

別に人形が意思を持って動いているんじゃなくて、俺が操作してるだけなんだけど。にしても、細い腕を歩かせるのは難しいな。足場が悪いと人形も安定させにくい。

しかし、こうやって見てみると二体とも歩き方が不自然だ。今後も練習は必要だな。

なんて思っていると、エリノラ姉さんの腕を歩いていたナイトが何かにつまずいて倒れてしまう。

「あっ！　人形が！」

「おっと、危ない危ない」

エリノラ姉さんが空いている左手で受け止めようとしたが、サイキックの支配下なので落ちることはない。ナイトは引っ張られるようにサイキックで元の体勢に戻った。

「ごめんごめん、エリノラ姉さんの腕がゴツゴツしてるから――」

「は？」

「あ、いや、何でもないです」

俺が弁解すると凄い目つきで睨まれたので、口を閉ざす。

とりあえず同じことを繰り返さないよう、エリノラ姉さんの腕の筋肉の盛り上がりに気をつけながら人形を歩かせる。

そしてついに、ナイトはエリノラ姉さんの左肩に、エリザベスは右肩に座り込んだ。

人形二体が肩に乗っていると可愛らしいな。

エリノラ姉さんは肩に乗っているナイトを指で突き、ナイトもそれに応えるように指を触り返したりする。

「あはは、可愛いわね」

「エリノラ姉さんも何だかんだ人形遊びを楽しんでるじゃん」

俺がぼそりと指摘すると、エリノラ姉さんがナイトを引き剥がそうとする。

そこで俺は露骨にナイトを縮こまらせる。反対側のエリザベスもエリノラ姉さんの頬を叩いて諫《いさ》めるように首を振っていた。

「……くっ、アルが操っているとわかっていても引き剥がしづらい！」

複雑そうな顔をしながら叫ぶエリノラ姉さん。

人形に話しかけて感情移入した時点でエリノラ姉さんの負けなのである。動く人形の良さを素直に認めればいいさ。

「アル、ちょっといいかい？」

俺がしたり顔をしていると、開けっぱなしにされていた扉からノルド父さんが入ってきた。

「今はダメ。人形を動かすのに忙しいから」

「ちょうどいいね。僕の用件にはその人形が関わっているんだ」

「人形が？」

面倒臭そうな雰囲気がしたので追い返そうとしたのだが、人形に関係する用件とは何だろう？

「ドール子爵を覚えているかい？」

「そりゃ、この人形を送ってくれた人だしね」

たくさんの質のいい綿や毛皮、糸がとれる領地を持ってる当主さんで、人形愛好家だったな。

「彼とは手紙でもやり取りをしてるんだけど、その際にアルが魔法で人形を動かして遊んでいると書いたら、いたく関心を示してね」

「つまり、ドール子爵に人形が動くところを見せろってこと？」

「話が早くて助かるよ。ちょっと動かしてくれるかい？」

ノルド父さんに言われて、俺はナイトとエリザベスを操作。

エリノラ姉さんの肩からジャンプさせて、サイキックによるコントロールで綺麗に着地。

ナイトは騎士らしく敬礼をさせて、エリザベスは優雅にスカートを摘まんで優雅に一礼。

「う、うん、その様子だと問題はなさそうだね」

面食らったような顔をするノルド父さん。

もっと簡単な動作だと思っていたのだろうか？　そうだとしたら心外だ。うちの人形は走れるしジャンプも飛ぶことだってできるのだから。

「そんな訳で近いうちにドール子爵が屋敷にやってくるから、その時は人形が動く姿を見せてあげてほしい」

「えー、俺が相手するのー？」

「頼むよ。ドール子爵とは今後も良い付き合いをしていきたいんだ。アルは人形を動かしたり、ちょっと世間話をしてもらうだけで十分だから」

まあ、別にお偉い王族ってわけでもないし、相手はただの人形好きの子爵だ。人形を動かしてみせるだけで満足する相手なら楽なものか。

それに、お礼にたくさんの人形とかくれるかもしれないし。俺、意外と人形好きなんだよね。

「はいはい、わかったよ」

「じゃあ、よろしくね」

「ねえ、父さん。ドール子爵は、剣は使えるの？」

ノルド父さんが部屋から出ようとするタイミングでエリノラ姉さんが尋ねる。

「残念ながら使えないよ。ドール子爵はメルナ伯爵と違って武闘派ではないから」

「そう」

苦笑いしながら言うノルド父さんに短く返事するエリノラ姉さん。

ドール子爵への興味はもうなくなったらしい。

エリノラ姉さん、もうちょっと興味を示してあげようよ。

ドール子爵来訪

I want to enjoy slow Living

ノルド父さんからドール子爵がやって来ると聞いた四日後の朝。

「ドール子爵が間もなく到着するそうです」

ダイニングルームで朝食を食べ終わった頃に、サーラが入室するなりそう言った。

恐らく遠くに馬車が見えたか、先ぶれとして従者の人がやってきたのだろう。

「ええ⁉　もうこられたんですか⁉」

「はい、急いでお出迎えしますよ」

ミーナとサーラは急いで食器を集めてワゴンに乗せて、厨房へと去っていく。

ここにドール子爵がすぐに入ってくるとは思えないが、万が一の可能性もあるからな。

「それじゃあ、僕達も外まで迎えに行こうか」

とりあえず俺達もドール子爵を出迎えるため外へと向かう。

とはいっても、馬車が着くまで少し時間はあるだろう。このまま玄関で青空を眺めているだけもいいが、どうせならドール子爵について聞いてみよう。

人形が大好きということは知っているが、どんな性格をしているかは知らない。

「ねえ、ドール子爵ってどんな人なの？」

「温厚な人だよ。ただ人形が絡むとちょっと周りが見えなくなることもあるかも」

「人形趣味さえなければ、至って普通の優しい人なんだけどねぇ」

ノルド父さんとエルナ母さんの言葉を聞いた俺は少し心配になる。

大丈夫なのだろうか。今回の要件、全てが人形絡みなのだけど。

「まあ、アルなら大丈夫だよ。動く人形さえ見せてあげれば満足してくれるはずさ」

面倒臭い部分は俺が担当すると思っているからか、ノルド父さんの台詞がどこか他人事っぽい。

本当にそうだろうか？　あそこまで繊細な人形を作る人が、ただ動く姿を見ただけで満足するとは思えないのだが。

色々と心配しながら待機していると、程なくして遠くからガタゴトと馬車が走る音が聞こえてきた。

やがてその音はドンドンと大きくなり、門の前で二台の馬車が停まった。

執事らしきお爺さんが御者席から降りて、馬車の扉を開けた。

すると、馬車の中からぬっと巨体が出て来る。

「……でか」

「こら、失礼でしょ」

隣に立っているエリノラ姉さんが呻いてしまい、エルナ母さんが小さく嗜《たしな》める。

しかし、それも仕方がないだろう。

馬車から出てきた人物のはルンバと同等か、それ以上。二メートル近くはありそうなのだ。

モノクルの眼鏡をかけており、髪の毛はオールバック。口元には整えられた髭が生えており、貫禄のある顔立ちの男性だ。

恐らく彼がドール子爵本人であろう。

ぱっと見ただけではとても人形を作るのが得意とは思えないな。ノルド父さんよりよっぽど武闘派に見える。

後ろに控えてやってくるメイドがかなり小柄なせいで、大きさが際立ってるな。

一歩進むごとに、俺の脳内にズシンズシンと足音が聞こえてくるようだった。

……あの人の相手を俺がするのか。ノルド父さんやエルナ母さんが言うような優しそうな人には見えないし、なんか気難しそうなんだけど……。

失礼にならない程度に観察していると、ドール子爵の歩みが身長の割にゆっくりな事に気がついた。

なるほど、メイドと執事さんにペースを合わせているのか。あれほどの足の長さだと一歩も相当デカいだろうからな。

ノルド父さんとエルナ母さんの言う通り、ドール子爵は優しい人なんだな。二人の言ったことに納得する俺だった。

ドール子爵が近くまで歩み寄ってくると、その貫禄のある顔つきを柔らかいものにし、

「やあ、ノルド殿。今回は突然訪問したいなどと言ってすまない。人形が動く姿が見られると聞いて、どうしてもいてもたってもいられなくて」

「いえいえ、ドール殿こそ、遠いところからわざわざありがとうございます。こんな所で話すのも何ですから、どうぞまずは中へ」

「ああ、ありがとう」

簡単な挨拶が終わって、ミーナとサーラが扉を開けてくれる。

中に入るとメルが控えており、全員分のスリッパを綺麗に並べてくれていた。

「ほう、スロウレット家ではこのような内靴を履いているのか」

ドール子爵はスリッパに驚いたようで足を止めていた。

ミスフィリト王国では外靴のまま中に入るか、外靴とは違う靴を用意して履き替えるのが主流だからな。このようなスリッパは珍しいのだろう。

一方俺達は、屋敷ではスリッパが当たり前なので普段通り履く。

「足を入れるだけでよくて、締め付けもないので楽ですよ。普通の靴が良ければそちらを用意しますが？」

「いや、せっかくだ。この内靴を履いてみよう」

そう言って靴を脱ぎ、スリッパに足を入れるドール子爵。

しかし、その巨体と同様足も大きいせいでスリッパがパンパンだ。かかとも少しはみ出

ている。

メルもそれに気付いて困っているようだ。かといって、これ以上の大きさのスリッパはないしな。

「ほう、少し大きさは足りないがこれは随分と楽だな。このままで行こう」

とりあえず満足げなドール子爵にホッとしながら、俺達は談話室に向かって歩く。

すると後ろの方でやたらとペッタンペッタンとスリッパの音が響いている。

「うう、申し訳ありません」

音の主はドール子爵のメイドさんだ。本人も自覚しているようで、恥ずかしそうに俯いていた。

そのミニマムな身長と同じで足も相当に小さかったから、普通のスリッパでは大きすぎるのだろう。

「すまない、ノルド殿。うちのメイド用にもう少し小さな内靴はあるか？」

音が気になるということもあるが、メイドさんのためにしっかりと要望を言えるとは気遣いが凄い。さすがは貴族。

「……そうですね、少し可愛らしくなってしまいますがいいですか？」

ノルド父さんがここで躊躇《ためら》う理由はわかる。だって、メイドさんに合わせられる大きさといえば、俺やエリノラ姉さんが使っている子供用しかないし。

「構わないさ」

ドール子爵が頷いたところで、メルがささっと玄関に戻って違うスリッパを取って来る。

「こちらをどうぞ」

「わぁ、可愛い」

緑色をしたゲコ太スリッパを見て、顔を緩ませるメイドさん。

良かった、気持ち悪いなどと言われなくて。

「ノルド殿の言う通り、本当に可愛らしいな。カエルの人形なんかも可愛らしくていいかもしれん」

幼女メイドの足元を凝視しながらブツブツと呟く絵面は少し危ない。

「あ、あの、旦那様。そろそろ中に……」

「む？　おお、そうだったな」

ちょっとずつドール子爵の人形好きの片鱗が見えてきた気がした。

◆

談話室へと入るとそれぞれ向かい合って座り、簡単な自己紹介となる。

「私の名はグレゴール＝ドール。しばらくの間、世話になるのでよろしく頼む。こっちはメイドのティクルと執事のバスチアンだ」

「てぃ、ティクルと申します！　よろしくお願いします！」

ドール子爵に紹介されて、慌てて頭を下げるメイドのティクル。幼い顔立ちをしている少女だ。

あまりこういう場所に慣れていなさそうだが、一所懸命なのは伝わってくるな。まあ、うちの屋敷は他の貴族よりも緩いし、じきに肩の力も抜けてくるだろう。

「バスチアンと申します。御用の際は何なりとお申し付けください」

こちらの老齢な執事さんは非常に落ち着きのある執事だ。これならティクルが緊張していても色々とフォローもできるだろう。

ドール子爵側の付き人はこれだけらしく、自己紹介はすぐに終わった。

「じゃあ次はこちらですね。僕とエルナのことはご存知ですし、息子達を紹介します」

「ええ、是非」

ドール子爵の視線が俺をロックオン。

人形が動いてるところを早く見たいんだと思うが、そのように見つめられても困る。

「こっちが長男のシルヴィオで、長女のエリノラ、次男のアルフリートです」

俺達は順番に並んでいるので紹介も楽だ。

「シルヴィオと申します。ドール子爵もリバーシを嗜んでいると父から聞きました」

「ああ、ノルド殿から頂いて、楽しませてもらっている」

「でしたら、後で是非、勝負をお願いします」

「ああ、それはこちらも願うところだ。是非よろしく頼む」

そういえば人形と交換でリバーシをあげたとかノルド父さんが言っていたな。シルヴィオ兄さんってば、ちゃっかりしてる。長男としてのコミュニケーション能力を見せつけたな。

さて、次はエリノラ姉さんか。また猫被りの自己紹介をするんだろうな。

「エリノラと申します。山や村に向かう際は案内させて頂きますので、是非ともお声がけくださいね。剣には自信がありますので護衛役も務めさせて頂きます」

それって暗に自分が魔物を狩りに行きたいだけだよね？　健気《けなげ》に案内をかって出ているように見えるけど、後半から欲望が駄々洩れだよ。

「ああ、エリノラ嬢の剣の腕前は私の耳に入っている。外に出る際は、お供を頼むとするよ」

エリノラ姉さんの自己紹介が終わると、最後に俺だな。

「アルフリートと申します」

「おお！　君が……っ！」

名前を名乗っただけだというのにドール子爵が前のめりになって、大きな両手でガシッと俺の手を包んでくる。

凄い、手が一ミリも動かせるような気がしない。実際には力など込められていないが、圧倒的な指の大きさがあった。

「人形を動かせるんだってね？　後で是非とも見せてもらおうじゃないか」

「は、はい」

俺が頷くとドール子爵がニンマリと笑って手を離す。

何となく貞操の危機を感じるが大丈夫だろうか。

優しい人なんだけど、ちょっと相手するのが怖くなってきたな。

嘆きのドール子爵

I want to enjoy slow Living

自己紹介が終わると、大人同士の近況報告が始まった。特に口を挟むことのない俺達は早々に部屋へと戻る。

自分の部屋に戻った俺は一息ついてベッドに倒れ込む。

しかし、すぐに階下からドシドシと大きな足音が響き渡ってきた。

「アルフリート殿オオ！　アルフリート殿の部屋はここか！」

ノックをすることもなく扉を開けて入ってくるドール子爵。

「うわっ！　ちょっと何です!?」

突然のドール子爵の登場に、俺は跳び上がるようにして身を起こす。

「お、おお、落ち着いてください旦那様！　ノックも無しに勝手に入っては失礼ですよ！」

「そんな些細なことはどうでもいい！　さあ、人形が動く姿を見せてくれ！　ずっと我慢していたんだ早く！」

ティクルがドール子爵を諌めるが、彼の熱意は止まらない。

ああ、この人は最初からずっと人形が動くところが見たかったんだな。それをずっと我慢していたが故に解放されてこうなってしまったのだろう。

ノルド父さんとエルナ母さんも、きっとこれを察して早くにドール子爵を解放したんだな。

とりあえず人形が動く様を見せてあげれば一旦《いったん》落ち着くだろう。

「わかりました。では、人形が動く様をお見せしましょう！」

「おお！」

ドール子爵の期待の視線を受けながら、俺はテーブルの上に乗っているナイトとエリザベスを抱える。

「それは私が贈った人形たちだな。して、名は何とつけた？」

にっこりと笑いながら尋ねてくるドール子爵。彼の中では人形に名前をつけてあげるのは当然のことらしい。

まあ、俺も愛着が湧くように名前をつけていたので困ることもない。

「安直ですがナイトとエリザベスという名前にしました」

「うむ、シンプルだがいい名前だ。どちらにもピッタリな名前だな」

淀みなく答えると、ドール子爵が深々と頷いた。

なんかドール子爵からの好感度が上がったような気がした。

「むっ？　ちょっと待って。ナイトの首筋に不自然な縫い痕《あと》があるのだが？」

ドール子爵のその言葉を聞いて、俺の心臓がドキリと跳ねる。

なんかドール子爵の顔と声がすごく怖いことになっている。やっぱり大事な人形を粗末に扱うのが許せないのだろう。

ナイトはうちの姉によって首チョンパされてしまいました。

そんなことを素直に言えたら世界はどれだけ平和になるのだろう。答えようによっては俺がドール子爵に首をチョンパされる可能性もあるな。

何とか誤魔化さなければ。

「申し訳ありません、ナイトを動かす練習をしている際に首に負荷がかかってしまい……」

「……そうか。アルフリート殿も初めから器用に人形を動かせたわけではないのだな。練習中に起こった事故であれば、仕方ない。これが単なる悪ふざけで千切れたなどと言っていたら同じ目に遭わせているところであった。ははははは！」

はははは、素直にエリノラ姉さんのせいだとか、自分が悪ふざけしたせいなどと言わなくてよかった。このことは永遠の秘密にしておこう。

「では、ナイトとエリザベスを動かしますね」

冷や汗をかきながらナイトとエリザベスをカーペットの上に寝かせると、サイキックをかける。

そして魔力を纏わせて操作すると、二体がむくりと起き上がった。

「ふおおおっ⁉」

「ふえええっ⁉」

ドール子爵だけでなく、ティクルも驚きと興奮の入り混じった叫び声をあげる。

ナイトとエリザベスを立ち上がらせると、ドール子爵の前まで歩かせる。

ナイトは騎士らしく敬礼をさせて、エリザベスはスカートを摘まんで優雅に一礼。

さて、ドール子爵の反応はどうだろうか？

恐る恐る様子を窺うと、彼はわっと泣いていた。

「に、人形が動いている！　まるで一つの命が宿ったかのように……っ！」

よかった。とりあえず喜んでくれているようだ。

感動のあまり泣いているのだと思うけど、急におっさんがマジ泣きするとビビるな。

「よ、喜んで頂けて幸いです」

「もっともっとだ！　人形が動いているところを見せてくれ！」

ドール子爵の要望に応え、俺はナイトとエリザベスを歩かせる。

とはいっても適当に動かすのではなく、それぞれの個性に合わせている。

スカートを履いている可愛らしいエリザベスがガニ股で歩いていては、興ざめであろう？　たとえ人形であろうとも性格があり、それに相応しい動きがあるものだ。ドール子爵がやってくるまでの間、練習を重ねて俺はそこへ至ったのだ。

「むむ、それぞれの個性に合わせた動き方をしている。ナイトは元気で真面目な騎士であり、動きにもメリハリがある。エリザベスはまさに令嬢、貞淑な少女らしい仕草をしており、お辞儀ひとつ見ても洗練されていることがわかる。これはただ人形を動かしているなんていう言葉では生易《なまやさ》しい。命を与えているといってもいい所業《しょぎょう》だ！　素晴らしい！」

なんかすごく顔が近いが、俺の意図を正確に理解してくれているのですごく嬉しい。エリノラ姉さんとかエルナ母さんも可愛いとは言うけど、そういうところに全然気付いてくれないんだよ。

「私の膝の上に人形を乗せることはできないだろうか？」

「勿論、できますよ」

カーペットの上で胡坐《あぐら》をかくドール子爵の足の上にナイトが飛び乗る。

「おお！」

たったそれだけでドール子爵は大興奮だ。嬉しそうに膝の上に立っているナイトを見つめている。

しかし、未だに飛び乗ってこないエリザベスを見ると不思議そうにする。

「どうしてエリザベスは寄ってこないのだ？」

「どうやらエリザベスがドール子爵の足に乗るには高すぎるようで」

「なるほど、だったら男である私が手を差し伸べなくてはな！」

ちょっと失礼になるかと思ったが、ドール子爵はむしろ喜んだように右手を差し出した。

すると、エリザベスはスカートの裾を摘まみながら手の平に乗った。

「……アルフリート殿、私はもう死んでもいいかもしれない。幸せだ」

ナイトとエリザベスを膝の上に乗せたドール子爵は、恍惚《こうこつ》の表情を浮かべた。

◆

人形と戯れることしばらく。ドール子爵が真剣な眼差しで尋ねてきた。

「アルフリート殿、人形を動かす術を教えてくれないだろうか？　この通りだ。教えてくれるなら礼はいくらでもする！」

「いや、別に秘密の技術を使ってるわけでもないですし、普通に教えますから顔を上げてください」

「そんなバカな！　このように巧みに動かしながら大した技術を使っていないと⁉」

秘密にするほどの技術はないと教えると、ドール子爵がガバッと顔を上げる。

「はい、これは無属性魔法のサイキックさえ使えれば誰でもできますよ」

「……無属性魔法のサイキック？」

「はい、サイキックです」

俺がきっぱりと答えると、ドール子爵が世界の終わりだと言わんばかりの表情を浮かべる。

「ぬおおおおおおお！　どうして神は俺に無属性の適性を与えなかったのか！　何故

なんだああああああ！」

「だ、旦那様！　あまり地面を叩いては床が抜けてしまいます！」

ああ、ドール子爵は無属性魔法の適性がないのか。うーん、これぱっかりはどうしようもできないな。

神様も俺に無属性魔法を勧めるくらいなら、欲しがってるドール子爵に付与してあげればいいのに。

何とも言えない気持ちになりながら見守っていると、少し落ち着きを取り戻したドール子爵が改めて聞いてくる。

「サイキック以外でこのように動かす術はないのか？」

「今のところは知りません」

マリオネットのように糸で操れば動かせるが、ドール子爵が求めるのは俺が見せたのと同じような人間らしい滑らかな動きだろう。残念ながら、サイキック以外でそういうふうに人形を動かせる方法を俺は知らない。

「ぬおおおおおおお！　このような画期的な方法があるというのに自分ではできないとは、悔やんでも悔やみ切れぬ！」

「自分でできないのであれば、できる者に任せてはどうです？」

「……今、なんと？」

ちょっと今の台詞は無責任過ぎただろうか。サイキックが使える俺が言うと嫌味《いやみ》に聞こえたかもしれない。

「いや、何でもない——」

「怒ったりはしないから、別の方法があるなら教えてくれ」

言葉を濁そうとしたが、ドール子爵が迫ってきて、肩に手を置かれた。

もはや逃げることはできない。

「えっと、ドール子爵がサイキックを使えないのであれば、使える者を雇って囲ってしまえばいいのではないかと」

自分ができないのであれば、使える者を雇って実現する。

何事も自分一人でやればいいというわけでもない。お金を使って成し遂げるのも、皆で成し遂げるのも正当な手法だ。

人間は何でも自分一人でできる程万能ではないしな。無理なところはできる者にやらせて、自分は違う分野で力を発揮すればいい。

「なるほど、その手があったか！　では、アルフリート殿、是非とも私専属の人形師として——」

「いや、すいませんけど遠慮します。俺は働かずに自由に暮らしたいので」

「私の領地に来れば、人形を動かす指導をたまにするだけで、将来何不自由なく暮らせることを約束するぞ？」

「一応の就職先候補としてだけ考えておきます」

自分の将来何が起こるかわからないからな。人形を動かすだけで衣食住が保証されるなら悪くない。選択肢は多ければ多いほどいい。

「むう、今すぐに領地に引き入れるのは難しいか」

「さすがに子供のうちから働きたくないですしね」

前世で死ぬほど働いたし、しばらくは働くなんてまっぴらだ。

ティクルの修業

I want to enjoy slow Living

「アルフリート殿の言う通り、私がサイキックを使うのは諦めよう。代わりに無属性魔法を使える部下を育成することにする」

　とりあえず自分ではできないという事実を受け入れたのか、次の方針へと移行するドール子爵。

「ティクル、うちの使用人に無属性魔法が使える者は何人いた？」

「え、ええっと、無属性魔法となると私だけだったかと……」

「なんとティクル！　お前はサイキックが使えるのか！」

　恐る恐る言うティクルの肩を勢いよく掴むドール子爵。

「は、はい、ですが私では、アルフリート様のように使いこなすことは到底……」

「う、うう、羨ましいいいい！」

　控えめに言うティクルを見て、ドール子爵が血涙《けつるい》を流さんばかりに表情を歪める。

　ああ、やっぱり諦めることなんてできていなかったんだ。

　本当は自分で動かしたくて堪らないんだな。あれだけ人形が大好きなのだ。すぐに諦めるというのは難しいだろう。

「ああ、ちょっと旦那様！　か、肩が！　肩が砕けます！」

「ドール子爵、あまり力を籠めると貴重な人材がダメになりますよ」

「はっ！　すまない！　……ティクルがサイキックを使えると聞いてつい嫉妬《しっと》してしまった」

俺が慌てて諌めると、ドール子爵は我に返って肩から手を離す。

ティクルがホッとしたように息を吐いていた。

大丈夫かな。ドール子爵の嫉妬を一身に受けて潰されなきゃいいけど。

「とりあえずティクルさんの力量を計るので、人形にサイキックを使ってみてもらえますか」

「ティクル、ナイトにサイキックを使うのだ」

「は、はい！」

ドール子爵に言われて少し緊張気味に返事するティクル。

ナイトを見て、深呼吸をしてから手をかざす。

「『我は求める　意思に従い　念動せよ』」

「ふえっ!?」

ナイトをティクルの魔力が包み込み、支配下に置かれる……ことはなく、弾かれた。

「むっ？　動かんぞ？」

「あ、あれ？　私の魔力が浸透しない？」

あっ、やってしまった。今のナイトは俺のサイキックで操っているので、俺の魔力支配下にあるのだった。

「どういうことだ？　もしかしてサイキックを使えないのか？」

「そ、そんなことはないはずです！　重い物は動かせませんが、人形ほどの軽さなら私でも動かせます！」

俺のせいで責められているティクルがいたたまれない。

「あっ、ごめんなさい。俺がサイキックで魔力支配下に置いていたままだったので、ティクルさんの魔法を弾いてしまいました」

「サイキックとは他人が操っている状態だと使えないのか？」

「使えないことはないですが、既に他人の魔力の支配下にあるので、それを無理矢理奪い取るのは難しいです。大量の魔力を強引にねじ込めばできるとは思いますが」

サイキックは、対象物に己《おのれ》の魔力を浸透させて自在に操る魔法だ。操ろうとする対象が既に誰かの魔力で覆われている場合は、それを上回る魔力で上書きする必要がある。

そんな理由もあって、魔力が宿っている魔剣や魔道具などはサイキックで動かせないこともある。

「ほお、そうだったのか」

「周りにサイキックを使える人がいなかったので知りませんでした」

「無属性魔法を使える人は少ないですからね」

ドール子爵やティクルがこのことを知らなくても仕方がない。俺も王都でラーちゃんとサイキックで引っ張り合いっこをして初めて気付いたことだし。

とりあえずこのままではティクルがサイキックを発動できないので、魔力を霧散させる。

「これで大丈夫ですよ。もう一度お願いします」

「はい！　『我は求める　意思に従い　念動せよ』」

ティクルが再びサイキックを発動。ティクルの魔力は今度こそナイトへと浸透して、ナイトはティクルの支配下となった。

ティクルが右手を動かすと、それを追うようにナイトが浮かび上がる。

上へ、右へ、左へ、下へ。俺達の目の前に人形が浮かんでいる。

これはこれで夜中に見たら不気味そうな光景だな。肝試しに使えそう。

「むう、これではただ浮いているだけではないか。ティクル、次は歩かせるのだ」

「え、ええっと、歩かせるってどうやってやるのですか？」

ドール子爵の無茶ぶりを受けて、ティクルが困ったように尋ねてくる。

うーん、教えてあげたいけど言葉で説明するのは難しいな。

「人形の手足をバラバラに動かしつつ、重心が崩れないように全身を維持するって感じかな？」

「ふえっ？　手足をバラバラに動かす？　そ、そんなことができるのですか？」

「できますよ。ほら」

俺は目の前でエリザベスをサイキックで歩かせる。

街を歩く淑女のように小さな歩幅で歩くエリザベス。きちんと彼女の足はサイキックによって動かされているのだ。

「え、えええええ？」

歩くエリザベスを見て困惑するティクル。

サイキックを扱うのならこれくらいの魔力操作は出来て当たり前じゃないのか？

「とりあえずやってみせるのだ、ティクル！」

「は、はい」

ドール子爵に促されて、自信なさげに頷くティクル。

宙に浮いていたナイトが、着地することなく床にゆっくり倒れた。

倒れたナイトを再びサイキックで立ち上がらせるティクル。歩かせるために床に立たせようと動かすが、それだけでナイトは倒れてしまう。

「あっ、うう、立たせるのも難しい」

「きちんとナイトを立たせるのだ！　床をよく見ろ！」

目の前でサイキックに苦戦するティクルがもどかしいのか、ドール子爵の声に熱と苛立《いらだ》ちがこもる。

ドール子爵のプレッシャーの中、ティクルが涙目になりながらサイキックに再挑戦。しかし、ナイトはそれに答えることなく、何度も何度も床に倒れる。

「しっかりしないか！　人形を歩かせるだけなのだぞ！」

「まあまあ、ドール子爵、あまりプレッシャーをかけてはいけませんよ。魔法は使用者の精神にも影響を受けます。それに人形を立たせるだけでも、ずっと難しいことなのですよ」

「そ、そうなのか。すまない、つい熱が入ってしまって……ぐぬぬ、私にもサイキックが使えたら」

やっぱりまだまだ引きずってるようだけど、それは時間に解決してもらおう。

「ティクルさん、自分の身体を意識するとイメージしやすいですよ。こうして立っている時に重心はどこにあるのか、どこを支えると身体が倒れないのか。それを理解していけば少しずつ上達するはずです」

「は、はい！　自分の身体を意識ですね！」

俺のアドバイスを聞いて、部屋の中をゆっくり歩いたり、片足で立ってみて重心を確かめたりするティクル。

それをドール子爵がいじらしそうに見ている。

うーん、サイキックで人形を動かすのは魔法に慣れている俺でも一日はかかったし、そう簡単にできるものじゃないんだけど……そんなことを言っても、落ち着いてくれなささそうだな。

ここは別の話題なり夢中になれることなりを用意して、落ち着かせてみるか。

「ところでドール子爵は、人形を作るのが得意なんですよね？」

「む？　そうだな。我が領地では綿も布も、人形を作るために必要な素材がたくさん手に入る。小さな頃から母上に教わって作っていたから得意だ」

やはり人形について語るのは楽しいのか、一瞬でティクルのことを忘れて饒舌《じょうぜつ》に話し始めるドール子爵。

「なるほど、今って人形を作ることってできますか？　見てみたいです」

「勿論いいとも！　バスチアン、いつもの裁縫セットを持ってこい！」

「はい、ただいま！」

ドール子爵が叫ぶと、すぐに執事のバスチアンが返事し、大きなバッグを持ってくる。

ドール子爵はそれを受け取ると、慣れた様子で裁縫セットを出し始めた。

凄い。何色もの糸に布、柔らかな綿に針や、ハサミがしっかりと整理されている。

「さて、何を作ろうか。リクエストはあるか？」

「……では、ティクルのスリッパのようなカエルを小さく可愛くお願いします」

「可愛く……それはどのようにすればいい？」

ふむ、そこはお任せでもいいのだが、こっちが要望を言ってるのだし、具体案を出してみるか。

俺は土魔法を発動して真ん丸の土玉を作る。そこにカエルらしい小さな手足を生やして、凹凸は少なくデフォルメしたカエルの顔を形成した。

「こんな感じの丸いカエルはどうです？　中に綿を詰めてあげれば柔らかいですし可愛いと思います！」

俺が土魔法で作ったデフォルメ・カエルフィギュアを渡すと、ドール子爵が興奮した様子で持ち上げる。

「お、おお！　現実にいるカエルとは違って真ん丸だ！　だが、それが愛らしいポイントだ！　アルフリート殿の言うように綿を詰めてやれば柔らかく愛らしいものになる！　口なんかは開閉できるようにして中に赤い布で縫い付けてやれば、口を開けて楽しむことも、軽い物なら入れることもできる！」

「銅貨を入れてあげれば可愛い財布にもなりますね。あえて綿を詰めないでおいて、自分のお金を入れて丸く太らせる貯金箱みたいにしても面白いかも」

「アルフリート殿は天才か！　しばし待て！　すぐに作り上げる！」

何だか考えているうちに面白くなって提案すると、ドール子爵が予想以上に食い付いた。

ドール子爵は素早く緑色の布や赤色の布を並べて選定。そして針に糸を通すと、その大きな巨体に似合わずに物凄いスピードで布に針をくぐらせていく。

すげえ、本当に自分で縫う事ができるんだ。

二メートル近くあるドール子爵が、床に座り込んで必死にチクチクとやっている様はシュールだ。

ともあれ、一安心だ。これでしばらくはティクルがサイキックに集中できるな。

カエル財布とカエル人形

want to
enjoy
ow Living

　ティクルがサイキックに打ち込み、ドール子爵がカエルの人形を作る。二人ともとても集中しているので、室内はとても静かだ。

　先ほどまではドール子爵の興奮の声とティクルの悲鳴が響き渡っていたのに。

　ドール子爵が無心で針を動かす様を眺めたり、ティクルのサイキックを観察しながらアドバイスをしていると、扉が控えめにノックされた。

　しかし、ティクルもドール子爵も無言のまま、顔すら上げない。

　代わりに俺が返事すると、ミーナが恐る恐る扉の隙間から顔を出した。

「……あの、紅茶をお持ちしたのですが、今は大丈夫ですか？」

「うん、今は二人とも作業に夢中だからね」

「よかったです。怒声やら泣き声やらが聞こえていたので、紅茶を持っていくタイミングがなかなかつかめなくて……」

　ミーナはホッとした様子で入ってくる。

　恐らくずっと扉の向こうで様子を窺っていたのだろう。さっきまでの様子を思い返すと、部屋をノックするのも難しかっただろうなと少し同情した。

「ひとまず三人分の紅茶とお菓子を置いておきますね」

「できたぞアルフリート殿！　カエルの財布だ！」

俺が「うん、ありがとう」とミーナを労おうとしたところで、ドール子爵が急に叫び出す。

「ひゃっ⁉　どうされたのですか⁉」

突然興奮したテンションで叫び出すドール子爵にミーナが驚く。

「む？　君はスロウレット家のメイドか？　どきたまえ、私はアルフリート殿に用があるのだ」

「は、はい、すいません」

今のドール子爵は人形と俺とティクルにしか興味がないらしい。

ミーナがちょっと可哀想だけど、こういう人だから勘弁してあげて欲しい。今はタイミングが悪かっただけだから。

「ミーナ、よかったらティクルさんに協力してあげてよ。ティクルさんも、ミーナの動きや重心なんかも見ていたら参考になるよ。やっぱり自分の身体だけで把握するのは難しいから」

「へ？　協力？　人形？」

「いいんですか！　では、ミーナさん、協力をお願いします！　そこに立っているだけでいいんで！」

「は、はい？　よくわかりませんが、いいですよ」

事態を呑み込めていないが、とりあえずティクルに協力するミーナ。

「アルフリート殿！　カエルの財布ができたのだぞ！」

そんなことを思っていると、ドール子爵に肩をガシリと掴まれる。

おお、指の力がすごいぞ。どうやら、財布を完成させたのにほったらかしにされたのが不満だったらしい。

「ああ、すいません。ちょっとティクルの指導をしていたので」

言い訳をしながら振り返ると、ドール子爵の手の中には緑色の萎《しぼ》んだカエルがいた。

かすかに丸みはあるが、クッション性がないせいでしわしわになっている。

「これがカエルの財布ですか？」

「ああ、カエル人形は後で綿を詰めてやればできるからな。まずはこいつに金を入れて、丸くなるか実験だ」

たしかに、いずれはふたつ作るであろうが、そうした方が早く実験できるな。

「この部屋にお金はあるか？　なければバスチアンに持ってこさせるが」

「ありますよー」

むむ、一応俺だって貴族の息子だ。自分のお小遣いだってそれなりにある。

テーブルの引き出しから革袋を取り出してひっくり返すと、ジャラジャラと金貨や銀貨、銅貨が出てきた。

「お金ですか！」

お金の音が聞こえたのか、ミーナが露骨にこちらを向く。

物欲しそうな視線を向けてきてもこれはあげられない。お菓子で我慢してほしい。

「よし、では詰めるか」

床に広がった硬貨をドール子爵と一緒にカエル財布に詰めていく。

すると干乾びたカエル財布がまるで水を得たかのようにドンドンと硬貨で膨れていく。

お金を入れることによって復活するというのはなんか可愛げがないが、まあ、見た目的には可愛くなっているのでいいか。

無心で硬貨を詰めていくと、やがてカエル財布は見事に膨らんだ。

「おお、見事に丸くなったな！」

「硬くてパンパンですけど、可愛いですね」

「うむ、可愛いカエルを見たいがために貯金も捗《はかど》るかもしれないな」

小さい子供がカエル財布を太らせるためにお金を貯めていく光景などが見られたら、可愛いだろうな。

「次は綿を入れていきましょうか」

一通りカエル財布の膨らみ具合を確かめた俺達は、お金を抜いていく。

俺がお金を革袋に戻していると、ドール子爵がハサミで糸を外して、布の間からスルスルと綿を詰めていく。そしてあっという間に針を潜らせて布の間を閉じた。

本当にその巨体からは考えられない程に器用だな。

まるで早送りのビデオでも見ているような速さだった。

「綿を入れ終わったぞ！」

引き出しに革袋を戻して向き直ると、さっそくドール子爵が綿を入れたカエルの人形を手渡してくる。

先程の財布のように硬貨の形が浮き出ることもなく、綺麗な円形をしている。

握ってみると、とてもフワフワだ。

使っている布も肌触りがとてもよく、触っているだけでも気持ちがいい。

「可愛くてフワフワで最高ですね」

「うむ、私もそう思う！　丸いカエルとは随分と突飛だとは思ったが、これはこれで愛らしい！」

俺がカエル人形を返すと、ドール子爵はそれを思いっきりギュッと抱きしめた。

うん強面の中年男性の動作としてはかなり違和感があるが、本人が幸せそうなので突っ込まないことにする。

「アルフリート殿、これをカエルらしく動かすことはできるか？」

幸せそうに頬ずりしているドール子爵を生暖かい目で見ていると、ドール子爵がそんなことを言ってきた。

カエルらしく、か。人間の動きには慣れてきたが動物になると全然違うし、やったことはないので難しい。

だが、うるうると期待の籠った眼差しを投げてくるドール子爵を見ると、そんなことも言えないな。

「やったことはないですが、やってみましょう」

「頼む！」

ドール子爵が嬉しそうに、いそいそと床にカエル人形を置く。

それにサイキックの魔法をかけて、まずはカエルジャンプ。

しかし、実際にやってみせたのはカエルのジャンプ軌道をなぞって空中を移動させたもので、とてもジャンプとは呼べない。

うーん、これではボールが跳ねているようにしか見えないな。

普通のカエルに比べて手足が短いせいで、カエルらしい足の動きができないのが原因だ。

ナイトやエリザベスであれば、足を曲げる動きと手の振りでそれらしく見せられるが、この短い手足ではどうにも……。

「私の作った人形が目の前で動く！　幸せだ……」

俺はそんな感想を抱いていたが、ドール子爵は自分の作った人形が動くことが本当に嬉しいようで、満足そうな笑顔を浮かべていた。

まあ、このカエル人形は出来立てからな。それが目の前ですぐに動くことが、ドール子爵にとってとても嬉しいことなのだろう。

この際リアルなカエルらしさなんて捨てて、丸いカエルらしい動きを模索してみよう。

それを会得《えとく》するにはやはり動かすのみ。俺はカエル人形をピョンピョンとドール子爵の周りを跳ねさせる。

「お、おお！　元気なカエルだ！　ははははは！」

それだけでドール子爵は大はしゃぎ。

自らの周りを飛び跳ねるカエル人形を見て楽しそうに笑う。その顔はまるで小さな子供のようであった。

人形の大行進

「うむ、カエル財布にカエル人形も大満足の出来だな！　アルフリート殿がデザインしたのだ、せっかくだから名前を考えてくれぬか？」

「では、ゲコ太財布とゲコ太人形でお願いします。うちで作ったカエルは全てゲコ太で統一してますので」

「ほう、ゲコ太か。悪くない名前だ！　今日からお前はゲコ太だ！」

まるで我が子の誕生を祝うように、ゲコ太の人形を持ち上げるドール子爵。すると、ふと思い出したように俺の方を向いた。

「ところでアルフリート殿。知り合いの貴族にこれらを贈ってもいいだろうか？　懇意《こんい》にしている貴族の中に人形好きの娘がいてな」

「勿論、構いませんよ」

売りたい、商品化して儲けたいなどと言ってこないのがドール子爵らしいな。

彼は純粋に人形好きな人のために、あるいは人形の良さを広めるためにゲコ太を贈ってくれるだろう。

「ありがとう。そういえば、まだアルフリート殿に人形を渡していなかったな。私の作ったお気に入りの人形がいくつかあるのだ。受け取ってくれないか？」

「本当ですか！　ありがとうございます！　ぜひ頂きます」

期待していた通り、ドール子爵は領地から人形をいくつか持ってきてくれたようだ。ナイトとエリザベスのクオリティを見れば、他の人形の素晴らしさも期待できる。

貰えるものは是非とも貰っておこう。

「それはよかった！　バスチアン！　馬車から人形を全て持ってきてくれ！」

「ぜ、全部でよろしいでしょうか？」

ドール子爵が叫ぶと、廊下に控えていたバスチアンがおずおずと顔を出してくる。

「構わん！　早く持ってこい！」

「かしこまりました」

ドール子爵に言われて、急いで部屋から離れていくバスチアン。

何だかバスチアンの引き攣《つ》った表情と言葉が引っ掛かるけど、まあいいか。

一体どのような人形を持ってきたのか楽しみだ。

バスチアンが人形を持ってくるのを待っている間、ティクルの方を見てみると、そこではミーナが倒れる寸前にまで前傾姿勢になっていた。

「ミーナさん、もうちょっと倒れてください」

「も、もうちょっとって、これ以上は無理です！　倒れます！」

「倒れてもいいですからお願いします！　むしろ、倒れる寸前が見たいのです！」

「ええ⁉　ティクルさんは私が嫌いなんですか⁉　何か嫌われるような事をしましたっけ⁉」

「人形のためなんです。人形の……」

何だか会話が噛み合っていないようだが、楽しそうにやっているので問題はないな。

「人形をお持ちしました」

ティクルとミーナを眺めていると、バスチアンが入ってきて、サンタクロース並みに大きな袋を置いていく。

「おお、ここに人形が――」

「人形をお持ちしました」

俺が袋の大きさに驚いていると、別のドール子爵のメイドが新たな袋を持ってきた。

さっきの袋でも結構な大きさがあったというのに、これがふたつか。これはかなり人形が貰えたな。ベッドを人形で埋め尽くすこともできそう――

「人形をお持ちしました」

「人形をお持ちしました」

「人形をお持ちしました」

「ちょっと多くないっ⁉　サーラ！」

しれっと人形を運んでくるメイドの中にサーラが混ざっていたので、思わず突っ込む。

「はい、馬車一台を埋める量の人形ですから、まだまだありますよ」

「うむ、アルフリート殿のために領地から張り切って持ってきたのだ！」

サーラの言葉に付け加えるように笑いながら言うドール子爵。

その間にもドンドンとメイドが袋を運んできて、部屋の中が袋で狭くなっていく。

ひとつ近くにあった袋を開けてみると、そこには可愛らしいクマ、馬、牛、ウサギ、ナイトの色違い、エリザベスの衣装違いと大量の人形が入っている。

これはもうベッドを埋め尽くすなんてものじゃない。部屋一面を埋め尽くす勢いだ。

しかも、人形の入った袋はまだまだやってくる。

とりあえず、このままにしていると部屋が袋で溢れ返ってしまうので、中身を取り出して人形全てをサイキックで移動させる。

「おおおっ！　人形の大行進だ！」

人形が勝手に歩いて移動するのを見て、ドール子爵がキラキラとした瞳を浮かべる。

確かに俺が何十体もの人形を操る姿は、さながら大行進と言えるだろう。

「ははは、これだけあれば人形劇とかできそうですね」

「……アルフリート殿、今なんと？」

「人形をたくさん動かし、遠くから風魔法で声でも乗せてあげれば、立派な人形劇になりそうですよね」

前世でも人形劇というのは存在した。

それは誰かが天井や舞台の下から糸で操るなりして動かしていたが、それでも十分に通用したのだ。

サイキックで自由自在に動かし、ドラゴンスレイヤーの劇のように風魔法で遠くから声を飛ばしてやれば、まるで人形が動いて喋っているように見えるだろう。

何となく呟くと、ドール子爵が勢いよく立ち上がって叫んだ。

「それだ！　それこそが私の見たかった、人形だけの幸せな世界！　アルフリート殿、紙とペンはあるか！」

「ありますよ」

ドール子爵の興奮した表情に驚きながらも、俺はテーブルの引き出しから紙とペンを渡す。

そして、ドール子爵が椅子に座ろうと、

「むう、私に合わん」

そりゃ、そうだ。七歳児用のテーブルとイスだからね。

「すまぬ、アルフリート殿。ちょっと私は談話室で劇の脚本を書いておく。私のことは気にせずに放っておいてくれ」

「わかりました」

俺が返事すると、ドール子爵はすぐさまに部屋を出ていく。

過去にリナリアさんやユリーナさん、メルナ伯爵と何人かの貴族が泊りにくることはあったが、この人が一番自由な気がするな。

◆

ドール子爵がいなくなったので、俺は運び込まれた人形の整理を行う。

さすがに馬車一台分の人形を俺の部屋だけに入れるのは無理だ。不可能ではないが、俺の居住空間がなくなってしまう。

そんなわけでいくつかの袋以外は、片っ端から空き部屋へ移動させることにした。

「ねえ、さっきから騒がしかったけどドール子爵――うわっ、何これ」

俺が二階の空き部屋で人形の整理をしていると、エリノラ姉さんが入ってきて驚きの表情を浮かべた。

エリノラ姉さんが驚くのも無理はない。

がらんとした空き部屋が、今となっては一面人形に覆いつくされるメルヘン空間になっていたのだから。ここにピンクのカーペットやベッドなどの家具があれば、さらに完璧だっただろう。

「ドール子爵からのお土産だよ」

「この人形全部?」

「……うん」

人形を貰えるかも、と思っていたが、まさか部屋を埋め尽くすほどとは俺も思わなかったよ。

「俺だけが持つには多すぎるし、エリノラ姉さんもいくつか持ってく？」

「……そう、じゃあ適当に貰うわ」

冗談半分に言ってみたのだが、意外なことにエリノラ姉さんがそんなことを言う。

「ええ？」

「何よ、その反応は？　人形を持っていってもいいんでしょ？」

「はい、問題ないです」

あの女子らしさの欠片もないエリノラ姉さんが人形が欲しいだなんて、一体どうしたというのか？

驚愕の眼差しで見つめていると、エリノラ姉さんが人形の山からナイトとエリザベスの色違いをまっすぐ手に取る。

ほほう、これは俺が人形を動かしてみせたことで改めて人形のよさに気付いたな？

「言っとくけど、サイキックを使わないと人形は動かないからね？」

「っ！　わかってるわよ、それくらい。このふたつ、貰っていくから」

考えを当てられたことが恥ずかしかったのか、エリノラ姉さんが顔を赤くしながら人形を持って部屋を出ていった。

ちょこっと休憩

I want to enjoy slow Living

「やった！　人形が立ちました！」

ドール子爵に貰った人形を空き部屋に置いて自分の部屋に戻ると、ティクルが喜びの声を上げていた。

床を見てみると、ナイトがティクルのサイキックによって直立している。

その横では、ミーナがぐったりと転がっていた。

「こ、腰が変になりそうです。ティクルさんってば、変なタイミングで私の身体を止めたりするんですから」

ああ、重心の移り方を研究するために、ミーナは変な体勢を維持させられたりしていたもんな。

「お疲れ様。でも、お陰でティクルが魔法で人形を立たせられるようになったよ」

「は、はい、ミーナさんのご協力のお陰です！」

「なら、良かったですけど……」

年下からの純粋な笑顔には弱いのか、ミーナがちょっと照れくさそうに返事する。

あれ？　俺がお礼を言った時と全然反応が違うな。まあ、ティクルの方が可愛いし、そこを突っ込むのは野暮か。

「あれ？　ドール子爵は？」

ふと、彼がいないことに気付いたのか、室内を見渡しながらティクルが言う。

「ドール子爵なら人形劇のシナリオを書くために談話室に籠ってるよ。しばらくは放っておいてだって」

「に、人形劇のシナリオ⁉　一体どうなって……」

「人形をサイキックで動かして劇を作るんだって。そのためにティクルさんも頑張らないとね」

「ふええ⁉　私が練習してる間に、そんな大事《おおごと》になってたんですか？」

始めはドール子爵も目の前で人形が動けば満足だったのだろうな。俺が人形の大行進やら、人形劇とか言ってしまったから、火がついてしまったように見える。

でも、ティクルさんはサイキックの魔法が上手いみたいだし、そのうちドール子爵の期待にも応えることができるだろう。

「魔力の方は大丈夫？」

「さすがにちょっと疲れてきました」

そう言えば、ティクルさんは一時間くらいサイキックを使い続けている。エリノラ姉さんは集中力がないから比較できないけど、シルヴィオ兄さん、ルーナさんよりもずっと長く使っているように思える。

多分、普通の人よりも魔力量は多いのだろうな。

本当なら慣れるためにドンドン練習するべきだけど、さすがにティクルさんの疲れた表情を見ればそんな鬼畜な台詞は言えない。

我が家のメイドでもないし、そんなに急がせる必要もないだろう。

「じゃあ、休憩したら少しだけ姿勢維持の練習をして今日は終わろうか」

「えっ……あっ、はい」

今すごくティクルの素《す》の言葉が出た気がするがスルーだ。さすがに一度くらいは復習しておかないとな。

とはいえ、明確な終わりが見えたお陰か、ティクルがホッとしたような表情をする。

ドール子爵が監督していたら人形への愛が暴走して、魔力が切れてもやらせる可能性があるしな。

あまり人前に出るのが得意ではなさそうな性格だし、ずっと誰かがそばにいるのも疲れるだろう。ここは精神的なケアをしておこうか。

「ミーナ、下に降りよう」

「休憩ですか!?」

俺の一言で察したのか、だらりと寝転がっていたミーナが、勢いよく立ち上がる。

そうだけど、その察しの良さを普段の仕事から生かしてほしいものだ。

「そうだよ。ちょっと気分転換にミルクジェラートでも食べよう」

「部屋にある紅茶とお菓子はどうされますか？」

そういえば、ミーナが持ってきてくれた紅茶とクッキーに誰も手をつけていなかったな。

「それも持っていこうか。紅茶は俺が魔法で温め直すから」

「かしこまりました」

俺がそう言うと、ミーナが手早く紅茶セットを回収。空気の読めるティクルがさり気なく扉を開けてくれて、俺を先頭にして二階から一階に降りる。

階段を降りると、厨房の隣の休憩室で誰かが椅子に座るような物音がした。このちょっとぞんざいな座り方はメルだな。

ここで避けるのも変だし、メイド同士の交流ということで休憩室に向かうか。

休憩室に入ると、予想通りメルがだらりとリラックスした体勢で座っていた。

「あら、アルフリート様。どうしたんだい？」

「ちょっとティクルを交えて休憩をね」

「ということは、美味しい紅茶とお菓子にありつけそうだね」

メルの期待の込められた言葉に俺は頷く。

「そういうことだよ。ミルクジェラートを人数分お願い」

「よし、きた。ほら、ミーナ。取ってきな」

「うえ？　今、メルさんが頼まれていましたよね⁉」

メルからの突然の振りに、テーブルに紅茶セットを置いていたミーナが驚く。

「別にアルフリート様はあたしに取ってこいなんて一言も言ってないよ」

「そんなぁ！」

空気の読める俺がメルの言葉に頷くと、ミーナが悲痛な声を上げた。

別にどっちが持ってきてくれようがどうでもいいのだ。

「あ、あの、私がお手伝いを……」

「そんな大袈裟なものでもないし、厨房のことはよくわからないだろ？　あんたは客人なんだし大人しく座ってな」

優しいティクルが手伝いを申し出るが、メルがそれをバッサリと斬り捨てた。

「ティクルは魔力が減って疲れてるんだし、ゆっくりしていていいよ」

「は、はい」

俺がそう言うと、未練がましく部屋にいたミーナが、トボトボと厨房の方へと歩いていった。ミーナがお菓子を用意している間に、俺はサイキックでティーカップをメルとティクルの前へ。

「うわあ、凄い魔法制御……」

たったそれだけのことでティクルが感心したような声を上げる。

確かにこれもそれなりに技術がいる。

いくらサイキックで物を動かそうとも、止めることができなければ着地もできずに壊れてしまう。このティーカップであれば、テーブルに激突して転がる、もしくは割れるなんてこともある。

「サイキックの上達には、小さな物でもいいから日常生活の中で使っていくのがいいよ」

「で、でも、こういうコップとかだと失敗すると割れてしまうのでは？」

「自信がなかったら、割れない木製の皿みたいな頑丈なものから始めるといいよ。それである程度上達したら、こういう割れちゃう物にしたらいいさ」

「な、なるほど……」

俺だって最初にサイキックで操った物は木皿だし、転移で物体を転移させるのもミスってもいいように木製品にしたからな。

というかドール子爵だったら、人形以外なら何を壊しても大して怒らなさそうだけど。

「念動させる感覚は、経験がものを言うからね」

そう言いながら俺はティーポットを浮かべて、火魔法の熱で紅茶を温める。

こういう方法をすると過剰に熱が加わり雑味が出てしまうが、冷めてしまったのだからしょうがない。別に紅茶の味にうるさいエルナ母さんがいるわけでもないし。

十分にティーポットが温まったところで、サイキックで傾けてそれぞれに紅茶を注いでいく。

「やはり人形を動かすには、これくらい精密な魔力制御が必要なんですか？」

「できるにこしたことはないけど、それよりは同時に複数の物を動かす練習が必要かな。両手両足をタイミングよく動かさないといけないし、姿勢の維持も必要だから」

意識せずに三つ四つくらいの物を同時に動かせるくらいじゃないと。

「ああ、何だか私、自信がなくなってきました」

「あたしは魔法のことはよくわからないけど、アルフリート様がおかしいってことだけは確かだから、あんまり気にすることはないよ」

メルがティクルの肩をポンポンと叩く。

え、サイキックくらいだったら何度も使えば次第に慣れてくるし、そこまで難しいものではないと思うんだけど……。

「お待たせしました、ミルクジェラートです！」

俺が不思議に思っていると、ミーナがミルクジェラートを人数分持ってきてくれた。

これはバルトロが量産してくれたものだ。この間作ったやつは、二日も持たずに食べられてしまったからな。まあ、夏に作ればそうなるよね。

というか、なんか綺麗にジャムやクッキーまでトッピングされているぞ。バルトロってば、嫌だとかと言いながら順調にお菓子職人としての腕を上げているな。

「みるくじぇらーと……ですか？」

初めてのお菓子を前にしたティクルが不思議そうに言う。

「牛乳を使った冷たいお菓子だよ」

「冷たいお菓子！　氷以外にこんなものがあったのですね！」

「ん？　氷ってお菓子に入るの？」

「は、はい、子爵様の家にある氷の魔導具で作った氷に少しの砂糖をつけて食べるのが、夏のちょっとした楽しみでした」

照れくさそうに語るティクル。

うちでは夏になると俺が氷魔法で温度を下げるし、氷や冷気を湯水のように消費している。氷なんて誰でも食べ放題だ。

別にドール家でのティクルの立場が酷いとかではないが、氷魔法が使えるという特別さを再認識した俺だった。

「それじゃあ食べようか」

「はい！」

「は、はい」

気を取り直すように言うと、席についたミーナが元気よく返事し、ティクルが遅れながら返事する。

ティクルは初めてのミルクジェラートをどう食べていいかわからないようで、さり気なく視線をミーナに向けている。

観察されているミーナは特にそれに気付くこともなく、スプーンでミルクジェラートをすくって食べる。

「んんー！　甘くて冷たくて美味しいですね！」

顔をだらしなく緩ませながら感想を漏らすと、ミーナは次々とスプーンを動かしていく。

それを見たティクルが、ミルクジェラートを恐る恐るスプーンですくう。

マジマジと見つめた後にゆっくりと口へ。すると、ティクルの目が大きく見開かれた。

「美味しい！」

「ですよねー！　もう何個でも食べられちゃうってくらいの美味しさです」

「このクッキーやジャムと一緒に食べても美味しいよ」

「本当ですか？　では、クッキーと一緒に……んー！　こちらもクッキーの甘さとサクサク感が合わさって最高ですね」

「だろう？」

メイド達がミルクジェラートを食べて嬉しそうに笑って、楽しそうに会話している。

ああ、ここは何という幸せな空間だろうか。

俺が遭遇するシチュエーションといえば、トールやアスモ、ルンバやゲイツ、ローランドのおっさんといったむさ苦しい連中とガハハと笑い合うばかり。

こんな女性ばかりの和やかな空間だなんて、いつ以来だろうか。

そう思いながら、俺もミルクジェラートを一口。

濃厚なミルクの甘さとジャムの酸味が口の中に広がって、瞬く間に溶けていく。

それに、まだ暑い季節なので、冷たい食べ物がさらに美味しく感じられる。

パクパクとミルクジェラートを食べ続けると、少し口の中が冷えてきたので、温かい紅茶を飲む。

冷えた口にじんわりと広がる紅茶の味。冷たさで麻痺していた舌の感覚が戻ってきた。

ロイヤルフィードのまろやかな味が、口の中に残っている甘みを流してくれる。

「はぁ……この紅茶、とても飲みやすいですね。銘柄は何ですか？」

「ロイヤルフィードですよ」

「え、ええ⁉　そんな高級なものを私達が飲んでもいいのですか？」

サラッと答えたミーナの言葉に、ティクルが驚く。

まあ、無理もない。我が家では普通のお茶のように飲まれているロイヤルフィードだが、これってかなり高級で、茶葉を買うのに金貨数枚は吹き飛んでしまうからな。

「さすがにあたし達も毎日のように飲んだりしないよ。今日はアルフリート様がいるからだよ」

「ですです。だから、アルフリート様も毎日ここにいらっしゃってもいいんですよ？」

にっこりと笑いながら言うミーナ。

しかし、その言葉の後ろにはロイヤルフィード、もしくは甘味を持って、と付いていることを忘れてはいけない。

◆

ミルクジェラートを食べ終わり、まったりとロイヤルフィードを嗜む。

「へえー、ドール子爵って本当に人形が好きなんですね」

「はい、屋敷でお過ごしの際も、ずっと部屋で人形を作っていられることが多いですよ」

「さっき、アルフリート様の部屋になんか大きな袋がいっぱい運ばれているのを見たけど、あれ全部人形なのよね？」

「はい、全部人形です。屋敷にはあれの何倍も人形が置かれていますよ」

緊張気味だったティクルも、一緒にミルクジェラートを食べて打ち解けたのか、今ではミーナとメルと普通に会話している。

同じ職業を生業とする者同士なのだし、話して共感できることは色々あるだろうしな。

ティクルも馴染めてきたようで何よりである。

「それだけ多いと管理が大変そうですね」

「……はい、日に日に増えていくので……」

「そんなに人形ばっかり作って、奥さんは怒ったりしないの？」

あ、それは俺も気になる。奥さんは来ていないようなのだが、ドール子爵の奥さんはどのような人なのだろう。

「え、えっと、ドール子爵様に奥さんはいらっしゃいません。ど、どうも他の貴族の女性は、子爵様の人形趣味を苦手に思われるみたいで……」

「あー、そうなのね」

どことなく気まずそうに話すティクルに、思わずメルも微妙な顔をしてしまう。

「普段は物腰も柔らかくていい人なんですけどね。メイドの私にも丁寧に挨拶をしてくれましたし」

「はい、そうなのですが、人形が絡むと熱が入ってしまわれるので……」

「俺としてはドール子爵は、自分の好きなことに一直線だったり愛やこだわりがあるから大好きなんだけどなぁ」

俺が正直な感想を漏らすと、ミーナとメルが微妙そうな顔をする。

ううむ、どうやら二人は俺の感覚を理解できないようだ。

ドール子爵は、まあ見た目のギャップはあるかもしれないけど、それを含めてもいい男だと思う。

周りを気遣う優しさや協調性もある。

そして、自分のやりたいこと、やるべきことにはすぐにとりかかれる行動力のある人だ。

領地だって布や綿の交易で栄えているし、不評も流れてこない。

少なくとも、パーティーで大口を叩くだけの貴族のボンボンよりも、よっぽど頼りになる。

人形好きという一面を受け入れてくれる女性と出会えば、すぐに結婚できる気がするな。

「ああ、アルフリート様が女性でしたらよかったのに!」

「なんかわからないけど、その発想はやめて」

一瞬、ドール子爵のお嫁さんになる自分を想像してしまったではないか。

確かにドール子爵は好きだけど、そういう方向ではない。

「どうか、これからもドール子爵様と仲よくしてあげてくださいね。あんなに楽しそうにする子爵様は初めてなので、どうか！」

「う、うん、わかったよ」

なんか重たい方向にいってしまったけど、ドール子爵とは長い付き合いになりそうな予感がするし、そのつもりだ。

人形の操作や、人形劇、人形や財布作りとまだまだ関わることは多そうだし、俺のこだわりをわかってくれる人は貴重だからな。

そう思いながら紅茶をすすっていると、いきなりサーラが部屋に入ってくる。

誰かに声をかけようとしていたサーラだが、俺に気付くと少し驚き、頭を下げた。

「……すいません。アルフリート様がいるとは思わず、ノックをせず……」

「いや、俺がここにいる方がおかしいだけだから気にしないで」

ここは本来メイドが休むために用意された部屋。そこに俺がいる方がおかしいわけで、ノックをしなかったからといって咎める理由はない。

でも、ノックをせずに入ってくるサーラは新鮮だったな。

「サーラも休憩かい？」

「メルさん、ドール子爵様から人形以外にもお土産を頂いたので、その整理を手伝ってもらえますか？」

「あー、わかった。ミーナも休憩したら仕事に戻りなよ？」

「はーい」

立ち上がりながら言うメルに、ミーナがのんびりとした口調で返事をする。

その様子を見る限り、ここで休憩を満喫してから適当に仕事に戻ろうという魂胆は見え見えだった。

「ミーナは、夕方までに玄関を綺麗にしとくこと」

「ええっ！」

メルからさらりとノルマを言い渡されて、のほほんとしていたミーナが驚愕する。

「今日はたくさん人の出入りがあったから玄関が汚れてね。綺麗になってなかったら、夕飯は食べさせないからね」

「そ、そんな……」

部屋を出ながら告げたメルの言葉を聞いて、ミーナがテーブルに突っ伏す。

俺が前世でいた会社でも、サボり防止のためにやるべきことと期限がキッチリと指定されていたよ。

人を働かせるという一点においては、ブラック企業というのは優れているものだな。ただ、それが永続的なものに繋がると言われれば否であるけど。

「私も魔力が回復したら、また頑張らないと」

休憩して元気が出たのか、ティクルが拳を握って意気込みを露わにする。

「ティクルさんは頑張りますね。人形を動かすだけで、あんなに怒られていたのに……」

ミーナにそう言われて、ティクルが答える。

「それでも私は苦しくありませんよ」

「どうしてです？」

「小さな頃、私は体が弱くて、両親の畑仕事を手伝うことができず、家で一人寂しくいることがほとんどでした。そんな時に寂しさを紛らわしてくれたのは、子爵様が村で配っていた人形だったんです」

おお、そうか。ドール子爵なら、自分の作った人形を子供に配り歩くくらいはしそうだからな。

「子爵様の作ってくれた人形が可愛くて、大好きで……だから、その人形をこんな風にして動かせることが今は楽しいんです。それに私の力で子爵様を喜ばせれば、恩返しになるかなって……」

少し照れくさそうに笑いながら言うティクル。

とても健気だ。

なーんだ、人形好きという一面を受け入れてくれる女性ならすぐ傍にいるではないか。

とはいえ、ティクルは平民だし、そもそも二人が恋愛感情を持っているのかすらわからない。

けど、ティクルが人形を動かすのをもっと応援してあげたいと思った。

プチ会議

I want to enjoy slow Living

ティクルからドール子爵の話を聞いた俺は、休憩室を出て、一休みするべく自分の部屋へと向かう。

さすがにティクルも俺がずっといたら休めないだろうしな。どっちにしろ魔力が回復するにはもう少し時間がかかるので、それまではやることもない。

ここぞとばかりに昼寝と洒落込もうと階段を上ると、ちょうどノルド父さんがリビングから出てきた。

「ん？　アル。ドール子爵の相手はどうしたんだい？」

「談話室にこもって人形劇の脚本を書き始めたよ。多分しばらくの間は部屋から出たがらないと思うから大丈夫」

そう言って階段を上ろうとすると、ノルド父さんが俺の腕を掴んだ。

「人形劇の脚本ってどういうことだい？」

「えっと、そのままの意味だけど？　人形を動かして劇をするんだよ」

「……これは共有しておかないと面倒なことになる気がする。ちょっとリビングにきなさい」

「えぇー」

そのままノルド父さんにリビングへと連行される。

あーあ、今から自分のベッドで昼寝するつもりだったというのに。まあ、いいか。リビングには柔らかいソファーがあるし、そこで昼寝すればいいか。

「あら？　ドール子爵の様子を見に行くんじゃなかったの？」

ノルド父さんと一緒にリビングに戻ると、エルナ母さんがソファーに座って編み物をしていた。

よく見ると、それはスリッパだ。なるほど、ドール子爵のためにサイズの合う物を作っていたというわけか。何だか久し振りに家庭的なエルナ母さんを見た気がする。

「ちょっと、アルから気になることを聞いてね」

「いや、俺は何もしてないって」

俺はアドバイスしただけだというのに、ノルド父さんとエルナ母さんからジトッとした視線が突き刺さる。

「アルがまた何かしたのね」

ため息を吐くとスリッパ作りを中断して、テーブルへと移動するエルナ母さん。

家族プチ会議のようなものは避けられないらしい。

二人から無言の圧力を感じたので、渋々俺もテーブルに着く。

「で、ドール子爵が急に人形劇の脚本を書き出すなんて、一体何を吹き込んだんだいアル？」

「吹き込んだって人聞きが悪いよ。俺は人形をサイキックで動かして、そこに風魔法で声を飛ばしたら人形だけで劇ができるね、って言っただけだよ」

「「はぁ……」」

俺が弁解するべく経緯を説明したら、ノルド父さんとエルナ母さんがため息を吐いた。

「またアルは、そんな突飛なことを言い出して……」

「革新的で面白そうなところがまた憎いわね」

「だよねだよね！　人形だけの劇とか完成したら面白いよね。人間にはできない動きや可愛さだって表現できるし、ドール子爵の出来上がりが楽しみだな」

「ほら、吹き込んでいるじゃないか」

ノルド父さんに突っ込まれて、はたと気付く。

確かにこれでは、俺がドール子爵にアイディアを吹き込んでいるかのように見えてしまう。何ということだ。エルナ母さんの言葉に乗ったらこの結果。相変わらず恐ろしい母だ。

「練習さえすれば実現できる、現実的な計画だわ。ドール子爵の熱意と財力を駆使すれば、何かしらの物が完成するでしょうね」

「いやいや、さすがに大袈裟な」

これはドール子爵の趣味の範囲でやっているものだし、そもそも人形劇が人々に受け入れられるかも不明だ。いきなり王都のような大きな劇場でするわけでもないし、エルナ母さんが危惧《きぐ》しているようなことにはならないだろう。

「アルが考えたリバーシやコマの収益は大きなものになっているんだ。今回もそうなる可能性は高いよ」

いや、確かにそうだけど、玩具と人形劇は違うしね。

ノルド父さんとエルナ母さんが無言で考え込み、何となくリビングに重苦しい空気が漂う。

「とにかく、人形劇のことで具体的なことが決まったら教えてくれるかい？　まだ完成するのかも不明だけど、事態が大きくなってから動くのでは対応が間に合わないから」

「うん、わかった」

領地経営に関係しそうなことはきちんと報告。ノルド父さんとの約束だ。

とは言っても、そんな大事にはならないと思うけどね。

◆

「アルフリート様、そろそろ夕食の時間ですよ」

ノックとともに投げかけられるサーラの声で、俺は目を覚ました。

ノルド父さんとエルナ母さんとプチ会議をしてから、自分の部屋で昼寝をしていたのだが、随分と眠っていたようだ。もう日が暮れており室内は暗くなっている。

とはいえ、起こされたタイミングが悪かったのか、まだ少し眠いな。

真面目なサーラのことだから早めに俺を起こしたのだろう。ここは二度寝をして、気分をスッキリさせてから降りるとしよう。

「わかったー。すぐに降りるよ」

「とか言いながら、布団を被り直さないでください」

二度寝しようとすると、サーラが室内にずかずか入ってきて残酷にも布団を剥ぎ取った。

ちょっと、いつの間に。

「まだ眠いからもうちょっと……」

「ダメです。今日は客人であるドール子爵様がおられますので早めに席に着いていないといけません」

俺が甘えるような声音で言うも、サーラにはまったく効き目がない。

それもそうか。俺は美少女でも美少年でもあるまいし。

というかドール子爵なら、そんなこと気にしないと思うんだけどなぁ。

まあ、客人のためとあっては仕方がない。あんまり駄々をこねるとノルド父さんとエルナ母さんが怒るので、眠気を押し殺して布団から這い出る。

「顔が酷いですよ。顔を洗ってきてはいかがでしょうか？」

「意味は伝わるけど、言い方が酷いよ」

そんな言い方をされるとナチュラルにブサイクだと言われているように思えてしまう。

とはいえ、今の自分の顔が酷いことは自分でも想像できる。

「タオル取って」

「かしこまりました」

俺がそう頼むとサーラが手慣れたようにタンスからタオルを取り出す。

そして、俺は水魔法で小さな水球を浮かべて、そこに顔を突っ込む。

冷たい水が顔を覆うと、靄《もや》がかかっていたような眠気は一気に払われた。

冷たさを堪能するように顔を軽く洗う。そして、顔を水につけたまま右手を差し出すと意図を汲み取ったサーラがタオルを渡してくれた。

この間、ミーナに同じことをやったら「クッキーならありませんよ!?」とか意味不明なことを言われたよ。できるメイドは違うね。

そんなことを考えながら顔をタオルで拭いてサーラに渡す。前髪が少し濡れてしまったので、風魔法で軽く乾かす。

うん、これくらいなら違和感もないし、後は自然乾燥で十分だろう。

準備が整ったので歩きだそうとしたら、俺の足が柔らかい何かを踏みつけた。

「ん？」

「どうしました？」

それはドール子爵が作ってくれたカエル人形、ゲコ太であった。

「ああ、ドール子爵が作ってくれた人形だ」

「あまり物を床に置いておきますと危ないですよ」

それもそうだな。人形を踏みつけたところなどドール子爵に見られてしまったら、俺がドール子爵の下敷きになってしまう。

俺はもう踏まないようにテーブルに戻そうとして、先程リビングで言われたノルド父さんの言葉を思い出す。

別にこれを売るわけではないけど、俺の案が採用されたことだし、報告がてらに持っていくか。そう考えて、ゲコ太をポケットの中へ。

「それじゃあ、いこっか」

サーラとともに部屋を出る。

階段を降りてダイニングルームへと向かうと、談話室の方からティクルの慌てたような声が響いてきた。

「だ、旦那様！　そろそろ準備をしませんとスロウレット家の皆様をお待たせすることになりますよ！」

どうやら夕食前だというのに、ドール子爵が部屋から出てきてくれないようだ。

脚本の執筆に夢中になっているのだろうか？

「……ちょっと様子を見てきてもいい？」

「はい、お困りのようですしね」

客人であるドール子爵に何かがあっては困るだろう。俺は談話室の前にいるティクルへと近付く。

「どうかしたの？」

「あ、お騒がせしてすいません。あの、夕食の時間なのですが、ドール子爵が部屋から出てきてくれなくて……」

「まさか倒れてたりしないよね？」

「それは大丈夫です。返事もありましたし」

念のために扉の隙間から覗いてみると、ドール子爵が必死に脚本を書いている姿が見えた。

「ああ、これは集中している感じだね」

「はい、最初に声をかけて返事してから、ずっと返事をしてくれなくて困っているんです」

ふむ、そうなると、今は何を言っても無駄か。

「ドール子爵、ご飯ですよー」

試しにノックしながら叫んでみるも反応はない。

これはダメだ。想像の世界にのめり込んでいる。

「扉を開けようにも鍵がかかってるね」

「アルフリート様、お得意の解錠魔法はいかがです？」

「ただのサイキックだよ。でも、中に入っても説得に応じてくれるかどうか」

「だ、旦那様は、人形のことになると熱中し過ぎますから」

ドール子爵の熱意と集中力が裏目に出てしまったな。これも俺が人形劇とか言ったせいなのだろうか。これでドール子爵が夕食に出てこないともなると俺が怒られそうだな。

「何とかしてドール子爵の気を惹かないと……」

ドール子爵の気を惹くものといえば、やはり人形しかないな。

俺は自分のポケットの中にあったゲコ太を触って、ある作戦を思いついた。

見栄を張ったエリノラ姉さん

I want to enjoy slow Living

俺がサイキックで扉の隙間からゲコ太を登場させ、ティクルが声を付けたお陰で、無事に部屋に閉じこもっていたドール子爵を外へ連れ出し夕食に参加させることに成功した。

まあ、ドール子爵があまりにも無邪気にゲコ太と会話するので、騙しているような罪悪感に駆られたが、ドール子爵も気にしていないみたいなのでよかった。

代わりに声優という職業の可能性と素晴らしさを見出してしまい、また燃えてしまったがこれはもうどうしようもないな。

ドール子爵とダイニングルームに入ると、俺達を除く家族全員が席についていた。

そういえば、結局ドール子爵と同じタイミングで入ってきたのだが、これはもてなす側としていいのだろうか。

いや、俺とティクルがゲコ太を動かしている間に、サーラが戻って報告したみたいだし、大丈夫だよね？

俺には部屋に閉じこもっていたドール子爵を連れ出したという功績があるのだ。でも、本人であるドール子爵を前にそれを言うのも難しいな。

どう言ったものかと悩んでいると、隣にいたドール子爵が軽く頭を下げた。

「遅れて申し訳ない。談話室を借りて夢中で作業をしていた故に、アルフリート殿にご迷惑をかけてしまうことになった」

おお、おお、俺が言いにくいことを率先して言ってくれた。正直すごく助かる。

「いいえ、構いませんよ。どうぞ、席におかけください」

「失礼する」

ドール子爵が座る隙に、どさくさに紛れて俺は下座に座る。

今日はドール子爵という客人がいるからか、席順がいつもと少し違うな。

いつも隣はシルヴィオ兄さんだが、今日はエリノラ姉さんだ。いつも前にいる人が隣にいると少し落ち着かないな。

しかも、客人がいるせいでいつもの動きやすい服と違って、ワンピースのようなものを着て猫かぶりモードだし。

さすがにエリック家のような親しい人ではないので、エルナ母さんに着るように言われたのだろうな。

何となくそのような姿を想像すると、思わず鼻で笑ってしまった。

すると、エリノラ姉さんが手をすっと動かして、こちらの太ももを思いっきりつねってきた。

「いたたたた！」

「ちょっと、アル。何してるのよ」

思わず声を上げると、エルナ母さんが眉をひそめながら注意してくる。

すると、張本人である隣の姉が、

「アル、大丈夫？　今、思いっきり椅子に足がぶつかったもんね」

自分がつねってきた癖に、この姉は何を言っているのだ？　しかし、素直にそれを言える状況ではないことは明らか。

「う、うん、心配してくれてありがとう。大丈夫だから」

どうしてつねられたのに、こちらが礼を言わねばいけないのか。俺は痛みで喜ぶドMではないぞ。

俺はモヤッといた気持ちを抱きながら座り直した。

「それじゃあ、食事を運んできてくれ」

「かしこまりました」

ノルド父さんがそう言うと、サーラが一礼をして扉を開ける。

すると、そこにはワゴンに手をかけるミーナ、メル、ドール子爵家のメイド達が控えていた。キュルキュルとワゴンを進め、メイドの手によってテーブルの上に料理が並べられていく。スパゲッティ、唐揚げ、串揚げ、蒸し野菜、サラダ、ハンバーグに卵焼きにシチューと何でもござれだ。うちで作れる限りの料理を出してみたって感じがするな。

これほどの料理を用意するのは大変だっただろう。

「おお、これが有名なスパゲッティとやらか。一度発祥の地であるここで食べてみたいと思っていたのだ」

スパゲッティはうちの領土とトリエラ商会の手によって広まっているからな。

今やコリアット村が発祥の地という感じになっており、セリア食堂などでも旅人がわざわざやってきて注文したりするらしい。

「それは光栄ですね。美味しいので是非とも食べてみてください」

「ああ、何やら見慣れぬ料理が多いので楽しみだ」

テーブルが埋まるほどに料理を並べると、サーラとバスチアンが飲み物を注いでいく。

おお、メイドがワインを注ぐ姿も悪くないが、ナイスミドルな執事がやるとカッコよく見えるな。

バスチアンが赤ワインを注いでいる姿をじっと眺めていると、エリノラ姉さんのところにサーラがやってくる。

「エリノラ様はワインになさいますか、それとも果実水になさいますか？」

「えっと……」

エリノラ姉さんが悩むようにしながらチラリとシルヴィオ兄さんへと視線を向ける。そこではシルヴィオ兄さんが少しだけワインを注いでもらっていた。

この世界での成人年齢は十五歳だ。十三歳であるエリノラ姉さんであれば、そろそろお酒を嗜んでいた方がいいくらいだろう。

何となくこの世界って、十歳になれば少しお酒を飲んでもいい、みたいな風潮があるんだよな。ただ別に好きじゃないならば、無理に飲まなくてもいい。

「じゃあ、少しだけ赤ワインを」

「かしこまりました」

あーあ、見栄を張ったな。赤ワインなんて苦いだけで美味しさがわからない、などとのたまっていたくせに。

心の中で呆れていると、サーラが俺のグラスに注ぎにくる。

「赤ワインを」

「まだ早いのでキッカのブドウジュースにしますね」

即座にブドウジュースを注いでくるサーラ。

まだ年齢が二桁に届かない俺、無念である。

とはいえ、ブドウジュースも色合いはワインだから気分は味わえるな。

全員に飲み物が行き渡ると、それぞれが乾杯のためにグラスを手に持つ。

そして、ノルド父さんへ皆の視線が集まる。

「まずはドール子爵。遠路はるばるお越しいただきありがとうございます」

「いやいや、急な来訪にも関わらず、このような歓待を感謝する」

「領内の名産品以外にも、異国の食材を使った料理を用意したので、どうぞ楽しんでくださいね」

「ああ、頂こう」

「では、スロウレット家とドール家の友好に乾杯！」

「「乾杯」」

それぞれがグラスを掲げて、一口を飲む。

するとエリノラ姉さんが横で顔を歪めて小さく「苦っ」と呟いた。

あーあ、だから言ったのに。

夏の王城

I want to enjoy slow Living

「今日は少し涼しいですね」

レイラ様の部屋に向かっていると、思いのほか、窓から風が流れ込むことに気が付いた。

王城ではレイラ様が作った氷の魔導具が至るところに完備されていますが、さすがに広大な王城の全てに設置することはできません。

よってこの無駄に長い廊下などは、窓を開けて風を通すことで何とか涼しくしています。

それにしても今日は、夏にしては涼しい。廊下でもこの涼しさであれば、魔道具があるレイラ様の部屋はもっと涼しいのではないでしょうか？

いや、レイラ様のことだから室内を氷魔法の冷気で満たしていて、いつもより気温が涼しいことに気付いていないかもしれない。

普段は窓を開けながら空を眺めるレイラ様だが、さすがに夏になると日差しがきつくて窓越しに眺めている。

私は足を早めて、長い廊下を突き進んで奥にあるレイラ様の部屋に向かう。

扉の前には白銀の甲冑を着込んだ女性騎士が二人控えている。レイラ様の部屋を守る警護の騎士だ。

「……本日も異常はありません」

「お仕事ご苦労様です」

どこか退屈そうに報告してくる女性騎士に、にっこりと微笑みながら労う。

最初は第三王女の部屋の警備ということでやる気に満ち溢れていた女性騎士でしたが、一か月も経てばこの通りです。

人通りも少なく、他者との交流もほとんどない。あまりに退屈過ぎる警備に飽き飽きしているのでしょう。

私も警備や護衛の仕事をこなした事があるので辛さはわかっていますが、人目のあるところではシャキッとしてもらいたいものです。

特にレイラ様が外出する時には、そのような態度をして欲しくない。

周りの者が暗ければ、レイラ様も気を遣ってしまう。そのようなことはあってはいけないことですから。

……もう少し警備に適性のある人を選ぶべきでしょうか。最近では、退屈な警備や警邏を進んでやりたがる男女の衛兵がいると聞きます。

その者達をこちらで雇って警備に据える方がいいかもしれないですね。勿論、衛兵では教養や礼儀作法、強さも足りないでしょうから、訓練の必要はあるでしょうが……。

とはいえ、今はレイラ様のお世話。

思考を切り替えた私は、軽く深呼吸して扉をノックする。

「レイラ様、サリヤです。入ってもよろしいでしょうか？」

「あ！　はい、どうぞ」

今、少しノックの音に驚きましたね。言葉が少し上擦っていました。

そんなレイラ様が可愛らしい。

私はクスリと笑いそうになるのを堪えて、丁寧に扉を開けて入る。

すると、室内は私の懸念していた通りにヒンヤリと涼しいものでした。窓は締め切られ、その傍にはレイラ様が車椅子にかけている。

これでは今日の涼しさに気付くこともないでしょう。いきなり注意したくなりましたが、ひとまずはいつもの挨拶を交わすことにします。

「また空を見上げていたのですか？」

「はい」

「少年は見えましたか？」

「いいえ、今日も見えません」

私の尋ねた言葉に首をゆっくりと振りながら答えるレイラ様。

レイラ様が上空で二人の少年を見かけた。そのようなことを言うようになってから私達の間では、毎日のようにこのようなやり取りをしています。

私は一度も見たことがないので正直半信半疑ではありますが、レイラ様が嘘をついたり、出まかせで気を惹こうとするような方ではないのは、十分に知っています。

ですので、それは真実だとは思うのですが、上空で少年二人が楽しそうに遊んでいて、少年が空から落下してきたというのは少し信じ難いですね……。

とはいえ、そう言ってしまうとレイラ様は途端に不機嫌になってしまうので、からかうくらいにしている。

さて、いつもの挨拶は程々にして注意をしなければ。

「レイラ様、今日は涼しいので氷魔法は使わなくてもいいと思いますよ」

「昨日はとても暑かったのですが……」

「今日は気温も穏やかで風もあります。氷魔法など使わずとも十分ですよ」

恐らく、昨日からずっと氷魔法を使っているので、体温が鈍感になっているのでしょう。

身体の弱いレイラ様が長時間冷気に晒されるのはよくありません。

私は「窓を開けますよ」と言ってから窓を開ける。

すると、外の風が部屋の中に入り込んできました。

「あっ、熱風が……」

「この部屋が涼し過ぎるだけですよ。直に慣れます」

そう言って、室内にある部屋の窓を順番に開けていく。

四つの窓を開けると風が入り込んできて白いカーテンをふわりと巻き上げる。

「あ、確かに思っていたよりも涼しいですね」

「でしょう？」

気温が涼しいとわかったようで、氷魔法を解除するレイラ様。

それから車椅子を器用に回転させて、開いた窓から外を覗くと入り込んだ風がレイラ様の頬を撫でて、金糸のような髪がたなびく。

「いい風ですね」

「そうですね。これくらい過ごしやすい日々が毎日続けばいいのですけどね」

昨日のような暑さはうんざりです。特に一日中メイド服を着ていなければいけない私からすれば、まさに地獄です。

「あっ、小鳥です」

レイラ様がポツリと呟いたので視線を向けると、窓際に一羽の青い小鳥が止まっていた。

「綺麗な鳥ですね。何という名前でしょうか？」

「モルファンといですね。危機を感じると魔物のモルガスのように丸まってしまうことから名付けられたそうですよ」

滅多に外に出ることのできないレイラ様は、この部屋から見える景色や私を通すことでようやく外に触れることができる。

だからこそ、私がしっかりと正しい知識を学んでいなければいけない。

お陰でここからでも見える鳥の名前は大体網羅している。種類が多く、見分けるポイントを覚えるのが大変でしたが、今では完璧のはずです。

「へー、そうなんですか。丸まった姿を見てみたいですけど、そんなことをしたら可哀想ですね」

にっこりと笑いながら眺めるレイラ様。

モルファンはそれを特に気にすることもなく、小首を傾げては窓枠を跳ねるように移動する。

「あはは、可愛らしいです。ほら、こっちにおいで」

無邪気な笑顔を浮かべて手の平を差し出すレイラ様。

モルファンはジーッと警戒するようにそれを眺める。しかし、しばらくすると警戒を解いて軽快に手の平に乗った。

「ひゃっ、凄いですよサリヤ！　モルファンが私の手の平に乗りました！」

「警戒心が強い鳥なので珍しいですね」

モルファンは警戒心が強くて臆病なので、滅多に人に懐くことはなく、このような光景はかなり珍しい。きっと、レイラ様の無邪気さがモルファンに伝わったのでしょう。

「私も触ってみてもいいですか？」

「驚かせないでくださいよ？　逃げてしまいますから」

モルファンに触れることなど滅多にないのでチャンスですね。

レイラ様から許可が取れたので、私はゆっくりとモルファンに指を近づけます。

しかし、モルファンは私が指を近づけると、体を丸めるようにして小さくなりました。

「あ、本当に丸まりましたね。芋虫みたいです」

モルファンが丸まったことに驚くレイラ様。

モルファンは危機を感じた時に丸まる性質があります。つまりは私が近づくことを危機だと感じたということですね。

相手が鳥とはいえ、少しショックです。

私が少し距離を離すと、モルファンは危機が去ったと思ったのかゆっくりと元に戻ります。どのような身体の構造をしているのか、少し気になるところですね。

「あっ！」

私がそのようなことを考えたのがいけなかったのでしょう。モルファンがレイラ様の手から飛び立ってしまう。

「……行っちゃいましたね」

空で小さくなっていくモルファンを見送る私とレイラ様。呆然と見送るレイラ様の横顔は少し寂しそうでした。

「またきてくれるといいですね」

「……はい」

とある
秋の日
いい天気
だなー
ギィ
さて
散歩にでも…
ぴゅーー
寒いっ!!
バタン
風が
冷たい…
この格好だと
ちょっと
厳しいな
上着でも
羽織るか

ガチャ…
どこか行くの？
散歩だよ
いいわね
ふあ
あたしも行くわ
いいけど…剣の稽古はしないからね？
しないわよ
じゃあ準備ができたら行こう
わかったわ
ぱたん

うーん
どれを着て行こうかな…
動きやすくて
暑くて脱いだ時に荷物にならないもの…
あっ
これにしよう！
アルーっ

おまたせ ――
あれっ
その格好で行くの？
天気はいいけど風は強くて冷たいよ
これで平気！
…っていうか
なんでアルはそのポンチョを着てるのよ
春頃 ――

いい？エリノラ
ほら ここは 留めて あるから
そこから 縫《ぬ》って みなさい
はーい
姉さんが 裁縫…!?
もうすこし まっすぐに 縫いなさい
え～ 十分 まっすぐ でしょ？
どこが なのよ
よれよれ じゃない
アルのための ポンチョ なんだから もう少し 頑張って！
えっ

これ…
アルのポンチョなの？
ちまっ
サイズでわかるでしょ
あら
まっすぐになってきたじゃない
……
…誰かが使うものなら
ちゃんとしないとだし

だって
これは
姉さんが
作ってくれた
ものだからね
……
あたしが
作ったって
いうか…
縫う以外の
ことは
ほとんど
母さんが
やってくれた
けど
たとえ
そうでも
嬉しいよ
ビュウ
!

ほら
おかげで あったかい
…そう
あれ
もしかして 照れてる
べつに

赤龍のウロコ！
月の光で咲く幻の花！
魔力を溜め込む蜜！
Isekai Nonbiri
Saisyu Seikatsu
異世界のんびり素材採取生活

転生したら
Welcome to my inn.
宿屋の息子でした
田舎街で
のんびりスローライフを
おくろう
錬金王
ill. 阿倍野ちゃこ
RENKINO PRESENTS
Tensei shitara
yadoya no musuko
deshita
コミックス1巻
6月7日(月)発売!
本体680円
スクウェア・エニックスの公式マンガアプリ
『マンガUP!』でコミカライズ大好評連載中!

転生して田舎でスローライフをおくりたい
[漫画] 小杉繭
[原作] 錬金王
[キャラクター原案] 阿倍野ちゃこ
I want to enjoy slow Living
コミカライズも
大・大・大好評!
……
こっちの高貴な方々とお付き合いをしよう!
王都の珍味たちと仲良くなっておくよ!!
はぁ〜
俺の肉だよこせ!
いやだね
俺のほうが先だった!!
このマンガがすごい!comics
転生して田舎でスローライフをおくりたい
6
I want to enjoy slow Living
[漫画] 小杉繭 [原作] 錬金王
[キャラクター原案] 阿倍野ちゃこ
宝島社
コミックス❶〜❻巻
Kindle・紙単行本ともに発売中!
❶〜❸巻 本体640円　❹〜❻巻 本体680円

錬金王（れんきんおう）
今は東京在住の物書き。本作で第四回ネット小説大賞金賞を受賞しデビュー。
現実でもスローライフをおくるために試行錯誤中。

イラスト **阿倍野ちゃこ**（あべの ちゃこ）

※本書は、「小説家になろう」(https://syosetu.com/)に掲載されていたものを、
改稿のうえ書籍化したものです。
※この物語はフィクションです。もし、同一の名称があった場合も、実在する
人物、団体等とは一切関係ありません。

転生して田舎でスローライフをおくりたい　ドール子爵がやってきた！
（てんせいしていなかですろーらいふをおくりたい　どーるししゃくがやってきた！）

2021年5月31日　第1刷発行

著者　錬金王

発行人　蓮見清一
発行所　株式会社 宝島社
〒102-8388　東京都千代田区一番町25番地
電話：営業03(3234)4621／編集03(3239)0599
https://tkj.jp

印刷・製本　サンケイ総合印刷株式会社

乱丁・落丁本はお取り替えいたします。

ISBN978-4-299-01674-4